新訳 サロメ

オスカー・ワイルド
河合祥一郎＝訳

角川文庫
24175

Salomé
by Oscar Wilde
From the original French text, 1893

Illustrations
by Aubrey Beardsley
From the first English edition, 1894
with
'J'ai baisé ta bouche Iokanaan', 1893
'Salome on Settle', 1907

Translated by Dr. Shoichiro Kawai
Published in Japan by
KADOKAWA CORPORATION

カバー・デザイン

訳者注記　左は、フランス語版初版（一八九三）の扉。ボードレールへの挿絵や飾り絵として用いられているのは、『聖アントニウスの誘惑』『ポルノクラテスあるいは豚を連れた女』などの絵で知られる画家フェリシアン・ロップスの絵（NON HIC PISCIS OMNIUM）である。本書はこのフランス語版より訳した。

OSCAR WILDE

SALOMÉ

DRAME EN UN ACTE

PARIS
LIBRAIRIE DE L'ART INDÉPENDANT
11, RUE DE LA CHAUSSÉE-D'ANTIN, 11

LONDRES
ELKIN MATHEWS et JOHN LANE
THE BODLEY-HEAD. VIGO-STREET.

1893

訳者注記　左は、英語版初版（一八九四）の扉。この英語版にオーブリー・ビアズリーの挿絵が入っている。扉に書かれている言葉は次のとおり。「サロメ　一幕悲劇　オスカー・ワイルドのフランス語より翻訳、オーブリー・ビアズリー挿絵。」下は出版詳細。

SALOME

A TRAGEDY IN ONE ACT: TRANSLATED FROM THE FRENCH OF OSCAR WILDE: PICTURED BY AUBREY BEARDSLEY

LONDON: ELKIN MATHEWS
& JOHN LANE
BOSTON: COPELAND & DAY
1894

オーブリー・ビアズリーによる挿絵一覧

・本書には二点追加して掲載した。

画像提供／ユニフォトプレス

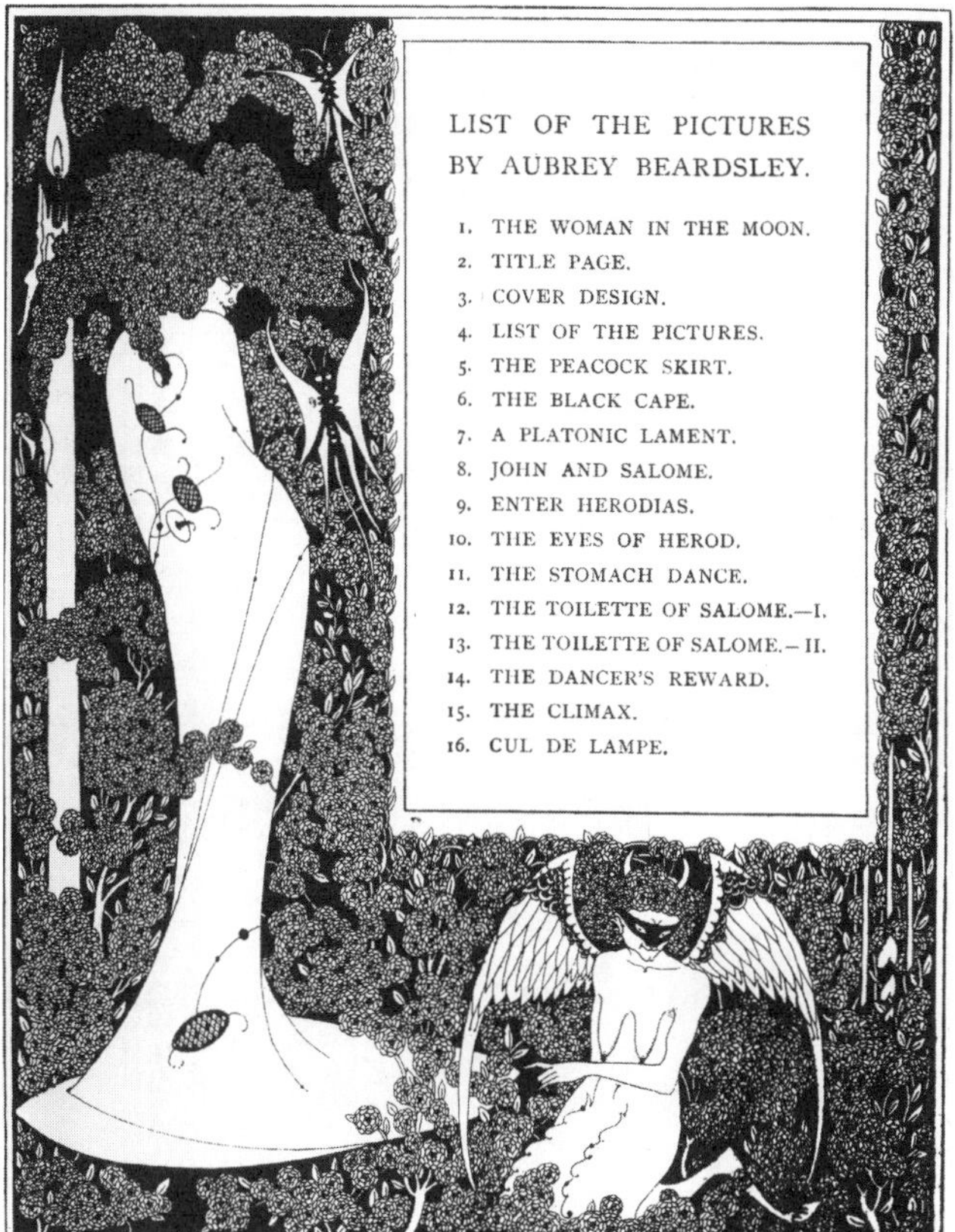
LIST OF THE PICTURES
BY AUBREY BEARDSLEY.
1. THE WOMAN IN THE MOON.
2. TITLE PAGE.
3. COVER DESIGN.
4. LIST OF THE PICTURES.
5. THE PEACOCK SKIRT.
6. THE BLACK CAPE.
7. A PLATONIC LAMENT.
8. JOHN AND SALOME.
9. ENTER HERODIAS.
10. THE EYES OF HEROD.
11. THE STOMACH DANCE.
12. THE TOILETTE OF SALOME.—I.
13. THE TOILETTE OF SALOME.—II.
14. THE DANCER'S REWARD.
15. THE CLIMAX.
16. CUL DE LAMPE.

挿絵一覧

おまえの口にキスしたよ（J'ai baisé ta bouche Iokanaan）

目次

凡例

・Ian Small, gen. ed., *The Complete Works of Oscar Wilde*（Oxford University Press, 2000–）, vol. 5（2013）所収の一八九三年のフランス語版初版（ed. Joseph Donohue）を底本とし、Robert Ross, ed., *The First Collected Edition of the Works of Oscar Wilde 1908–1922*, 15 vols（London: Methuen, 1908; rpt., London: Dawsons of Pall Mall, 1969）も参照した。なお、解釈のため、先行訳各種を参照した。

・〔 〕で示した箇所は、原典にない語句を補ったところである。

サロメ

一幕劇

わが友、ピエール・ルイスに

月の中の女

登場人物

エロド・アンチパ（ヘロデ・アンティパス）　ユダヤ四分封《ぶんぽう》の王
ヨカナーン　預言者
若いシリア人　護衛隊長〔ナラボ〕
ティゲリヌス　若いローマ人
カッパドキア人
ヌビア人
第一の兵士
第二の兵士
エロディアの小姓
ユダヤ人、ナザレ人、その他
奴隷
ナーマン　首斬り役人

エロディア（ヘロディアス）　王妃
サロメ　エロディアの娘
サロメの奴隷たち

舞台。

エロドの宮殿の宴会場を見下ろす大きなテラス。兵士たちが手すりに肘《ひじ》をついている。右側に巨大な階段。左奥に緑青《ろくしょう》の壁で囲まれた古い貯水槽。月光。

若いシリア人　なんて美しいんだ、今宵《こよい》のサロメ姫は！

エロディアの小姓　見てください、月を。月がとても不思議な様子をしている。墓から出てきた女さながら。まるで死んだ女のよう。あたかも死人《しびと》を探すよう。

若いシリア人　とても不思議な様子をしている。まるで黄色いヴェールをつけ、銀の足をした可愛いお姫様。まるで白い小鳩のような足をしたお姫様……あたかも踊りを踊るよう。

エロディアの小姓　死んだ女のよう。とてもゆっくり動いている。

宴会場で騒がしい音。

第一の兵士　なんて騒ぎだ！　誰だ、あの怒鳴っているばかな獣《けだもの》どもは？

第二の兵士　ユダヤ人さ。いつもあんな調子だよ。宗教上の揉《も》めごとさ。
第一の兵士　宗教の何を揉めているんだ？
第二の兵士　わからない。いつものことさ……たとえば、ファリサイ派が天使は存在すると主張するだろ。すると、サドカイ派は、天使は存在しないと言う。
第一の兵士　そんなことで揉めるなんてばかげていると俺は思うがなぁ。
若いシリア人　なんて美しいんだ、今宵のサロメ姫は！
エロディアの小姓　まだ見つめているんですか。見つめすぎですよ。そんなふうに人を見つめるもんじゃありません……禍《わざわい》が起こるかもしれません。
若いシリア人　美しい、今宵は特に。
第一の兵士　王は、暗いご様子だ。
第二の兵士　ああ、暗いご様子だ。
第一の兵士　何かをじっと見ているな。
第二の兵士　誰かをじっと見てるんだ。
第一の兵士　誰を見てるんだ？
第二の兵士　わからない。
若いシリア人　なんて蒼《あお》い顔をしているんだ、姫は！　あんなに蒼褪《あおざ》めている姫を見たことがない。まるで銀の鏡に映った白い薔薇《ばら》のようだ。

エロディアの小姓　王女を見つめてはなりません。見つめすぎです！

カッパドキア人　エロディア様が王に酒をお注《つ》ぎになった。

第一の兵士　あれが王妃エロディアか。あの真珠をちりばめた黒い冠を戴《いただ》き、髪に青い粉を振ったあの女《ひと》が？

第二の兵士　そう、あれがエロディア様。王のお妃《きさき》だ。

第二の兵士　王は酒が大好きでね。三種類のワインをお持ちになっている。サモトラケ島から来たやつなんか、ローマ皇帝のマントみたいな緋色《ひいろ》だ。

カッパドキア人　ローマ皇帝なんて見たことがありません。

第二の兵士　キプロス産のは、黄金のように黄色い。

カッパドキア人　黄金は大好きです。

第二の兵士　そして三つ目はシチリア産。こいつは血のように真っ赤だ。

ヌビア人　わが国の神々は血が大好きでね。年に二度、神々に、少年と処女を生贄《いけにえ》として捧《ささ》げている。少年五十人に、処女百人。それでも足りないようで、神々はいつも我々につらく当たられる。

カッパドキア人　わが国には、もはや神々はいませんね。ローマ人が追っ払っちま

っ たんです。山にお隠れになったなんて言われているけど、私《わたし》は信じません。実は私、山に登って三日がかりで神々を捜しまわったことがあるんです。見つかりませんでした。最後に神々の名を呼びましたが、現れはしませんでした。死んだんだと思いますね。

第一の兵士　ユダヤ人たちは、目に見えない一人の神を崇《あが》めている。

カッパドキア人　わけがわかりません。

第一の兵士　要するに、やつらは見えないものしか信じないのさ。

カッパドキア人　まったくばかげているように思いますね。

ヨカナーンの声　我よりのちに我より力ある者が現れん。この身は、その方のサンダルの紐《ひも》を解くにも値せぬ。その方が来られれば、荒れ地は喜び、百合《ゆり》の如く花を咲かせん。盲人の目は日の光を見、聾者《ろうしや》の耳は開かれん……その嬰児《みどりご》は、ドラゴンの巣に手を翳《かざ》し、獅子《しし》の鬣《たてがみ》を摑《つか》んで引きまわさん。

第二の兵士　あれを黙らせてくれ。わけのわからないことばかり言って。

第一の兵士　だめだよ。あれは聖者なんだ。それに、とても優しいし。毎日俺が食事を持って行くと、いつも礼を言ってくれるんだ。

カッパドキア人　誰ですか？

第一の兵士　預言者だ。
カッパドキア人　名前は？
第一の兵士　ヨカナーン。
カッパドキア人　どこから来たんですか？
第一の兵士　砂漠から。そこで蝗《いなご》を食って花の蜜《みつ》を吸って生き延びてきたんだ。駱《らく》駝《だ》の毛皮を纏《まと》い、腰には革のベルトを締めて、かなり異様な風貌《ふうぼう》だった。ものすごい群衆があとからついてきていた。弟子さえいた。
カッパドキア人　何の話をするんですか？
第一の兵士　俺たちにはさっぱりわからない。ときどき身の毛がよだつようなことを言うが、何のことやら見当もつかん。
カッパドキア人　会えますか？
第一の兵士　だめだ。王がお許しにならない。
若いシリア人　姫が扇で顔を隠してしまった！　その可愛い白い手が、鳩小屋へ羽ばたく鳩のように揺れている。まるで白い蝶々《ちょうちょう》のように。まったくもって白い蝶々のようだ。
エロディアの小姓　それがあなたにとって何だというのです？　どうして見つめる

んです？　王女を見つめてはなりません……禍《わざわい》が起こるかもしれません。

カッパドキア人　（貯水槽を指して）ずいぶん変わった牢屋《ろうや》ですね！

第二の兵士　昔は貯水槽だったんだ。

カッパドキア人　昔は貯水槽ですって！　そりゃ、体に悪そうですね。

第二の兵士　そんなことはない。たとえば王の兄上、王妃エロディアの最初の夫は、あそこに十二年も入れられていたのに、死ななかった。結局、首を絞めて殺さなきゃならなかったほどだ。

カッパドキア人　首を絞めたですって？　誰がそんなことを？

第二の兵士　（死刑執行人の黒人の大男を指して）あいつだ。ナーマンだ。

カッパドキア人　恐れもせずに？

第二の兵士　全然。王から指輪をもらったしね。

カッパドキア人　指輪って？

第二の兵士　死の指輪だ。だから、あいつは恐れなかった。

カッパドキア人　それでも、王様の首を絞めるなんて、ひどすぎます。

第一の兵士　なぜだ？　王だって首は一つだ。ほかの男と変わりゃしない。

カッパドキア人　ひどいと思いますがね。

若いシリア人 あ、姫が立ち上がる！　テーブルを離れる！　ひどくけだるそうな様子だ。ああ！　ここを通るぞ。そうだ、こっちへいらっしゃる。なんて蒼い顔をしているんだ。あんなに蒼褪めている姫を見たことがない。

エロディアの小姓 王女を見つめないでください。どうか見つめないで。

若いシリア人 迷子の鳩のよう……風に揺れる水仙のよう……まるで銀の花。

サロメ登場。

サロメ もうあそこはいや。あんなところ、いられない。どうして王様は土竜《もぐら》みたいな目で、瞼《まぶた》をぴくつかせながら私《わたし》をずっと見つめるのかしら？……お母様の夫のくせに、あんなふうに私を見つめるなんて変よ。わけがわからない……そりゃまあ、わからなくはないけど。

若いシリア人 宴《うたげ》の席をお立ちになったんですね、姫？

サロメ なんてすがすがしいのかしら、ここの空気は！　ここなら、やっと息がつける！　あそこじゃ、エルサレムのユダヤ人たちがばかげた儀式のことで罵《のの》り合うわ、下品な男どもがお酒を浴びるほど呑《の》んで敷石にこぼしまくるわ、目も当てられない。スミルナのギリシャ人たちは、目を塗って、頰に紅さして、頭

黒のケープ

は縮れた髪の巻き毛だらけ。エジプト人たちは爪に翡翠《ひすい》をつけ、褐色のマントを羽織って、むっつり狡猾《こうかつ》。ローマ人たちは野蛮で、鬱陶《うっとう》しくて、下品なことばかり言う。ああ！　大っ嫌い、ローマ人なんて！　卑《いや》しい生まれのくせに偉そうにして。

若いシリア人　おかけになりませんか、姫？

エロディアの小姓　どうして話しかけるんです？　どうして見つめるんです？……ああ！　今にも禍《わざわい》が起ころうとしている。

サロメ　月を見るのは、すてき！　まるで小さな銀貨みたい。可愛い銀のお花さながら。冷たくて、純潔なんだわ、月って……男を知らないのね。処女の美しさがあるもの……そう、処女なのよ。穢《けが》されたことがないんだわ。ほかの女神たちみたいに、男に身を任せたことがないのよ。

ヨカナーンの声　主《しゅ》は来ませり！　人の子は来ませり。ケンタウロスは川に身を隠し、セイレーンは川より出《い》でて森の木《こ》の葉の下に身を潜《ひそ》めり。

サロメ　今叫んでたの、誰？

第二の兵士　預言者です、王女様。

サロメ　ああ！　預言者。王様が怖がっている人？

第二の兵士　それは存じません、王女様。預言者ヨカナーンでございます。

若いシリア人　よろしかったら、お輿《こし》をこちらへ運ばせましょうか、姫？　お庭がたいそう美しゅうございますので。

サロメ　お母様のことで何かとんでもないことを言っているんでしょ、あの人？

第二の兵士　あれの言うことはまったくわかりません、王女様。

サロメ　そうよ、お母様のことで、とんでもないことを言っているのよ。

奴隷　〔登場して〕王女様、宴の席にお戻りになるよう、王様が仰《おお》せにございます。

サロメ　あそこへは戻らないわ。

若いシリア人　失礼ながら、姫、お戻りになりませんと、禍が起こるやもしれません。

サロメ　年寄りなの、その預言者って？

若いシリア人　姫、お戻りになったほうがよろしゅうございましょう。よろしければ私がお連れ申しあげます。

サロメ　その預言者……年寄りなの？

第一の兵士　いいえ、王女様、とても若い男でございます。

第二の兵士　それはわかりません。あれはエリアだと言う者もおりまして。

サロメ　だあれ、エリアって？

第二の兵士　この国の遙《はる》か古《いにしえ》の預言者です、王女様。

奴隷　王様へのお返事は、何とお伝えすればよろしいでしょうか？

ヨカナーンの声　パレスチナの大地よ、汝《なんじ》を打ち据えし鞭《むち》が折れたとて喜ぶなかれ。何となれば、やがて蛇の種族よりバジリスクが現れ、それより生まれ出でしものが鳥たちを食らい尽くすであろうゆえ。

サロメ　なんて不思議な声！　あの人と話してみたい。

第一の兵士　それは無理かと存じます、王女様。誰もあれと口をきいてはならぬと陛下が仰せで、大祭司様でさえも、あれと話すことを禁じられております。

サロメ　話してみたいの。

第一の兵士　無理です、王女様。

サロメ　そうしたいの。

若いシリア人　ともかく、姫、お席にお戻りになったほうがよろしゅうございましょう。

サロメ　預言者を連れてきて。

〔奴隷退場。〕

第一の兵士　王女様、それはちょっと我々には……。

サロメ　（貯水槽に近づき、中を覗《のぞ》いて）なんて真っ暗なのかしら、中は！　こんな真っ暗な穴の中にいるなんて怖いでしょうに！　まるでお墓みたい……（兵士らに）聞こえなかったの？　連れてきて。会いたいんだから。

第二の兵士　どうか、王女様、そのようなことはお命じくださいませぬよう。

サロメ　私を待たせる気？

第一の兵士　王女様、我らが命はお捧《ささ》げいたしますが、そのお求めにはお応《こた》えいたしかねます……要するに、お申しつけになるなら、我々ではなく……。

サロメ　（若いシリア人を見て）ああ！

エロディアの小姓　うわぁ！　どうなるんだ？　今にも禍が起こるにちがいない。

サロメ　（若いシリア人に近づいて）あなたなら、私のためにやってくれるでしょ、ナラボ？　あなたなら、私のためにやってくれるわね？　私、いつだってあなたに優しくしてきたもの。ね、私のためにやってくれるわよね？　ただ会ってみたいだけなの、あの不思議な預言者に。みんなずいぶん噂しているんだもの。王様もしょっちゅうあの人のこと話しているわ。きっとあの人のことが怖いのね、王様は。そうよ、怖がってるのよ……あなたもそうなの、ナラボ、あなたも怖いの？

若いシリア人　怖くありません、姫。誰も怖くありません。ですが、王様があの井戸の蓋《ふた》をあけることを固く禁じておられますので。

サロメ　あなたは私のためにやってくれるわ、ナラボ。そしたら明日《あした》、お輿《こし》に乗って、神様の像を売っている人たちのいる城門の下を通るとき、あなたに小さなお花を落としてあげる。小さな緑のお花を。

若いシリア人　姫、無理です。無理です。

サロメ　（微笑んで）あなたは私のためにやってくれるわ、ナラボ。わかっているくせに。あなたは私のためにやってくれるのよ。そしたら明日、お輿に乗って、神様の像を買う人たちのいる橋の上を通るとき、モスリンのヴェール越しにあなたを見てあげる、ナラボ。もしかしたら微笑んであげるかも。私を見て、ナラボ。私を見るの。ほぅら！　私がお願いしたとおりにするって、あなたはよぉくわかってるじゃないの。よぉくわかってる、でしょ？……私はよぉくわかってるわ。

若いシリア人　（第三の兵士に合図を送って）預言者を連れ出せ……サロメ王女様がお会いになる。

サロメ　ああ！

エロディアの小姓　うわぁ！　なんて月だ！　不思議な様子をしている。白い布で自分の体を包もうとする死んだ女の手さながら。

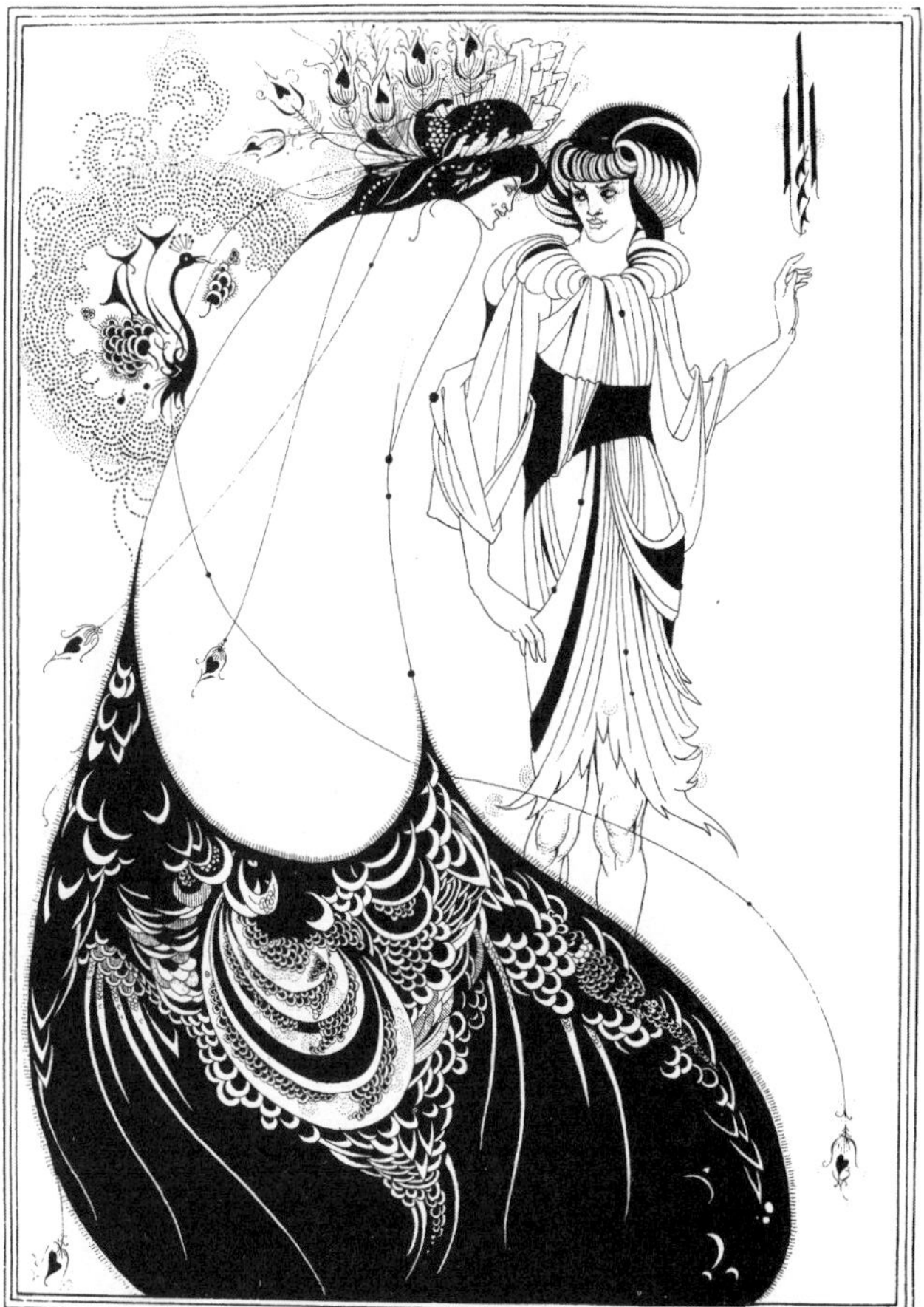

孔雀のスカート

若いシリア人 とても不思議な様子をしている。琥珀色《こはくいろ》の目をした可愛いお姫様さながら。モスリンの雲越しに、可愛いお姫様のように微笑みかけている。

預言者が貯水槽から出てくる。サロメは彼を見て、後ずさりをする。

ヨカナーン どこにいる、忌《い》まわしき罪で疾《と》うに溢《あふ》れた杯《さかずき》を持つ男は？ どこにいる、いつの日か衆人環視の中で、銀の衣《ころも》を纏《まと》いて死にゆく男は？ その男にここへ来て聴けと告げなさい。砂漠で、王の宮殿で、呼ばわる者の声を聴けと。

サロメ 誰のことを言ってるの？

若いシリア人 まったくわかりません、姫。

ヨカナーン どこにいる、その女は？ 壁に描《えが》かれし男たち、カルデアの男たちの色鮮やかな絵姿を見て、おのが目の欲情に我を忘れ、カルデアに使者を送りし女はどこにいる？

サロメ お母様のことね。

若いシリア人 まさか、姫。

サロメ そうよ、お母様のことよ。

ヨカナーン どこにいる、腰に飾り帯を締め、頭に色とりどりの冠を戴《いただ》いたアッシリアの隊長どもに身を任せし女は？　どこにいる、紫の麻の衣を纏《まと》い、金の盾に銀の兜《かぶと》をつけし逞《たくま》しき肉体のエジプトの若者らに身を任せし女は？　その女に告げなさい、その姦淫《かんいん》の臥所《ふしど》から、その近親相姦の臥所から起き上がり、主《しゅ》の道を整える者の言葉を聴くようにと。その罪を悔い改めるようにと。悔いることなく、その忌まわしき罪に耽《ふけ》ったままであろうと、ここへ来るよう告げなさい。天罰を下す鞭《むち》は今、主の御手《みて》にあればなり。

サロメ　怖いわ、あの人、怖い。

若いシリア人　ここはもうお引き取りください、姫。お願いです。

サロメ　特に怖いのはあの目。さながらティルスのタペストリーを松明《たいまつ》で焦がしてできた黒い穴。さながらドラゴンが棲《す》む暗い洞窟《どうくつ》、ドラゴンが憩《いこ》うエジプトの暗い洞窟。さながら幻想的な月に乱された黒い湖……ねえ、あの人、まだ何か言うかしら？

若いシリア人　ここはもうお引き取りください、姫！　お願いです、お引き取りください。

サロメ　それに、なんて痩《や》せているのかしら！　まるで細い象牙《ぞうげ》の像みたい。銀の像さながら。きっと純潔なんだわ、お月様みたいに。まるで一筋の銀色の光のよう。あの人の体はひどく冷たいにちがいないわ、象牙のように……近くで見てみたい。

若いシリア人 だめ、だめです、姫！

サロメ どうしても近くで見なきゃ。

若いシリア人 姫！ 姫！

ヨカナーン 私を見つめるこの女は誰だ？ この者に見つめられることなど望んではおらぬ。なぜこの娘は、金色《こんじき》に塗った瞼《まぶた》の下から、金の瞳《ひとみ》で私を見つめるのだ？ 誰かは知らぬ。知りたくもない。あちらへ行くように、この者に告げなさい。私が話したいのは、この者ではない。

サロメ 私はサロメ、エロディアの娘、ユダヤの王女。

ヨカナーン 下がれ！ バビロンの娘よ！ 主に選ばれし者に近づいてはなりません。汝《なんじ》の母は大地を邪悪の酒で満たし、その罪の叫びは主の御耳に届いている。

サロメ もっと話して、ヨカナーン。うっとりするわ、その声。

若いシリア人 姫！ 姫！ 姫！

サロメ ねえ、もっと話して。話してよ、ヨカナーン。そして、私がしなければならないことを言って頂戴《ちょうだい》。

ヨカナーン　私に近づいてはなりません、ソドムの娘よ。その顔をヴェールで隠し、頭から灰をかぶって、人の子を捜しに砂漠へ行きなさい。

サロメ　誰なの、人の子って？　その人も、おまえのように美しいの、ヨカナーン？

ヨカナーン　下がれ！　下がれ！　聞こえる、この宮殿に死の天使の羽ばたく音が。

若いシリア人　姫、どうかお戻りくださいませ！

ヨカナーン　主なる神の天使よ、その剣《つるぎ》を以《も》てここで何をなさろうというのです？　この不浄の宮殿で、誰を探しておられるのですか？……銀の衣を纏いて死すべき男の日はまだ来てはおりません。

サロメ　ヨカナーン！

ヨカナーン　誰の声だ？

サロメ　ヨカナーン！　私、惚《ほ》れてしまったの、おまえの体に。おまえの体の白いこと、一度も鎌で切られたことのない、野に咲く百合《ゆり》の花のよう。おまえの体の白いこと、山に降り積む雪のよう。ユダヤの山に降り積もっては谷へと落ちゆく雪のよう。アラビアの女王の庭に咲く薔薇《ばら》だって、おまえの体ほど白くはない。アラビアの女王の庭の薔薇も、落ち葉を踏みゆく曙《あけぼの》も、大海原の胸に抱かれた月の乳房も、それほどまでに白くはない……おまえの体ほど白いものなど、この世にありはしない……触らせて、おまえの体に！

ヨカナーン　下がれ、バビロンの娘よ！　この世に悪が入り込んだは、女ゆえのこと。私に話しかけてはなりません。聞きたくない、おまえの声など。私が聞くのは主なる神の御言葉《みことば》のみ。

サロメ　おまえの体は、いやらしい。病気でぼろぼろになった肌のよう。蝮《まむし》が通った白い壁。蠍《さそり》が巣を作った白い壁のよう。まるで白く塗った墓、中は穢《けが》れに満ちている。おぞましい、おぞましいわ、おまえの体は！……その髪なのよ、私が惚れたのは、ヨカナーン。おまえの髪は、まるで葡萄《ぶどう》の房《ふさ》、エドム人の国のエドムの園に茂る蔓《つる》からぶらさがる黒い葡萄の房のよう。おまえの髪は、レバノンの杉の木のよう。獅子《しし》に木陰を与え、昼間身を隠す盗賊を匿《かくま》う大きなレバノン杉のよう。長くて黒い夜だって、月が昇らず星が慄《おのの》く夜だって、それほどまでに黒くはない。森に立ち籠《こ》む静けさも、それほどまでに黒くはない。おまえの髪ほど黒いものなど、この世にありはしない……触らせて、おまえの髪に。

ヨカナーン　下がれ、ソドムの娘よ！　私に触れてはなりません。主なる神の神殿を穢してはならないのです。

サロメ　おまえの髪は、おぞましい。泥と埃《ほこり》まみれだわ。その額に置かれた荊《いばら》の冠さながら。その首のまわりで蜷局《とぐろ》を巻く黒い蛇の群れさながら。好きじゃないわ、おまえの髪なんか……その口なのよ、私が惚れたのは、ヨカナーン。おまえの口は、象牙の塔に刻まれた真っ赤な帯のよう。象牙のナイフで切った柘榴《ざくろ》の実のよう。ティルスのお庭に咲き誇る、薔薇より赤い柘榴の花も、それほどまでに赤くはない。王様の御成《おな》りを告げて、敵を怖気《おじけ》づかせるラッパの赤い叫びも、それほどまでに赤くはない。おまえの口は、搾《しぼ》り器の中で葡萄を踏み搾る男たちの足よりもっと赤い。神殿に棲みつき、祭司に餌をもらう鳩の足よりもっと赤い。獅子を殺し、金色《こんじき》の虎たちを見て、森から出てきた男の足よりもっと赤い。おまえの口は、海の黄昏《たそがれ》に漁師が見つけ、王のためにと取っておく、あの珊瑚《さんご》の枝のよう……！　モアブ人らがモアブの鉱山で見つけ、王がお買い求めの、あの朱砂《すさ》のよう。珊瑚の弓筈《ゆはず》をつけた、ペルシャ王の朱塗りの弓のよう。おまえの口ほど赤いものなど、この世にありはしない……キスさせて、おまえの口に。

ヨカナーン　だめだ！　バビロンの娘よ！　ソドムの娘よ！　だめだ。

サロメ　おまえの口にキスするわ、ヨカナーン。おまえの口にキスするわ。

若いシリア人　姫、姫、ミルラの木立《こだち》のような君が、鳩の中の鳩のような君が、あんなやつを見ちゃだめだ。あいつを見ちゃだめだ！　そんなことをあいつに言わないでくれ。僕には耐えられない……姫、姫、そんなことを言わないでくれ。

サロメ　おまえの口にキスするわ、ヨカナーン。

若いシリア人　ああ！

若いシリア人は自害して、サロメとヨカナーンのあいだに倒れる。

エロディアの小姓　若いシリア人が自殺した！　若い隊長が自殺した！　死んでしまった、僕のいい人が！　香水の小箱と銀の耳飾りをあげたこともあったのに、たった今、自殺してしまった！　ああ！　禍《わざわい》が起こると自分でも言ってたじゃないか？……僕だってそう言った。そして、言ったとおりになってしまった。月が死を探していたことはわかっていたんだ。でも、彼を探していたなんて、わからなかった。ああ！　どうして僕は、月から隠してあげなかったんだろう？　洞窟にでも隠してあげていれば、月に見られることもなかったろうに。

第一の兵士　王女様、若い隊長が今、自害しました。

サロメ　キスさせて、おまえの口に、ヨカナーン。

ヨカナーン　恐ろしくはないのか、エロディアの娘よ？　この宮殿に死の天使の羽ばたく音が聞こえるとそなたに告げたではないか。そして、死の天使がやって来

プラトニックな嘆き

たではないか？

サロメ　キスさせて、おまえの口に。

ヨカナーン　姦淫《かんいん》の娘よ。おまえを救える人はたった一人しかいない。私がおまえに話した方だ。その方を捜しに行きなさい。ガリラヤの海に浮かぶ舟の中で、弟子たちにお話しなさっている。海辺に跪《ひざまず》いて、その御名《みな》を呼びなさい。その方が近くにいらしたら、呼べば誰のところへもいらしてくださるから、その足許《あしもと》に身を投げて、罪の赦《ゆる》しを乞《こ》いなさい。

サロメ　キスさせて、おまえの口に。

ヨカナーン　呪われるがよい、近親相姦の母より生まれし娘よ。呪われるがよい。

サロメ　おまえの口にキスするわ、ヨカナーン。

ヨカナーン　見たくはない、おまえなど。見るものか、おまえなど。おまえは呪われている、サロメ。おまえは呪われている。（ヨカナーンは貯水槽の中へ下りていく。）

サロメ　おまえの口にキスするわ、ヨカナーン。おまえの口にきっとキスする。

第一の兵士　死体を運び出さないとな。王は死体を見るのがお嫌いだ。ご自身で殺した者の死体は別として。

エロディアの小姓　僕の兄貴だった人。いや、兄よりもっと親密だった。香水の入

ヨカナーンとサロメ

った小箱をあげたのに。僕があげた瑪瑙《めのう》の指輪は、いつも指に嵌《は》めてくれていた。夜は一緒に川辺を散歩して、アーモンドの木立で、故郷《ふるさと》の話をしてくれたっけ。いつも低い声で話していた。その声は、まるで笛吹きの笛の音《ね》のようだった。それに、川面《かわも》に映る自分を見つめるのが好きで、僕は、そんなことするなよと咎《とが》めたっけ。

第二の兵士　そうだな。死体を隠さなければ。王がご覧になってはまずい。

第一の兵士　王はこちらへは、おいでにならんだろう。このテラスには決しておいでにならん。預言者をひどく恐れておいでだから。

エロド、エロディア、宮廷人全員登場。

エロド　どこにいる、サロメは？　どこにいる、王女は？　なぜ命じたとおり、宴《うたげ》へ戻ってこない？　ああ！　そこにいたか！

エロディア　あの子を見つめてはなりません。いつも娘ばかり見つめて！

エロド　今宵《こよい》の月は、とても不思議な様子をしている。月がとても不思議な様子をしているではないか？　さながら昂奮《こうふん》しきった女、あちらこちらと愛の相手を探し求めている昂奮しきった女のようだ。しかも裸だ。素っ裸だ。雲が服を着せよ

エロディア登場

うとしているのに、嫌がっておる。空に全裸を曝《さら》している。酔っ払った女のように雲間をふらついて……あれは、男を探し求めているのにちがいない……酔っ払った女のようにふらついているではないか？　まるで昂奮しきった女のようだ、そうではないか？

エロディア　いいえ。月はまるで月のよう、それだけです……戻りましょう。ここには何の用もないわ。

エロド　ここにいるぞ！　マナセ、敷物をそこに敷いてくれ。松明《たいまつ》を灯《とも》してくれ。持ってきてくれ、象牙《ぞうげ》のテーブルと碧玉《へきぎょく》のテーブルを。ここの空気は、うまい。客人らともっと呑《の》むぞ。ローマ皇帝の使節には、礼を尽くさねばならぬ。

エロディア　ここにいたいのは、お客のためじゃないくせに。

エロド　そうだよ、空気はうまいしな。おいで、エロディア、お客がお待ちかねだ。おっと！　滑った！　血で滑った！　不吉な前兆だ。実に不吉な前兆だ。なぜここに血があるのだ？……それに、この死体？　なぜこんなところに死体がある？俺を何だと思っている？　宴のたびに客に死体を見せないと気が済まぬエジプトの王ではないぞ。それにしても、こりゃ誰だ？　見たくはないぞ、こんなやつ。

第一の兵士　我らが隊長にございます、陛下。つい三日前に陛下が隊長になさったシリアの若者にございます。

エロド　殺せと命じはしなかったぞ。

第二の兵士　自ら命を絶ったのでございます、陛下。

エロド　なぜだ？　隊長にしてやったのに！

第二の兵士　存じません、陛下。ですが、自ら命を絶ちました。

エロド　それはまた妙な話だ。自殺をするのはローマの哲学者だけかと思っていた。そうではないか、ティゲリヌス、ローマの哲学者は自殺をするのであろう？

ティゲリヌス　自殺するローマの哲学者もおります、陛下。ストア派の哲学者です。まったく不作法な連中です。まあ、実にばかげた連中ですね。私に言わせれば、実にばかげた連中です。

エロド　俺もそう思う。自殺するなんて、ばかげている。

ティゲリヌス　ローマでは物笑いの種となっております。皇帝は連中を諷刺《ふうし》する詩をお書きになりました。みなが口ずさんでおります。

エロド　ほう！　連中を諷刺する詩とな？　皇帝も大したお方だ。何でもおできになる……この若いシリア人が今宵自害したのは妙なことだ。惜しいことをした。そう、つくづく惜しいことをした。美しい男だったからな。かなり美しかった。

実に物憂げな目をしていた。物憂げにサロメを見つめていたのを覚えている。実際、少し見つめすぎだった。

エロディア　あれを見つめすぎている人は、ほかにもいるでしょ。

エロド　こいつの父親は王だった。俺がその王国を奪って廃位させたのだ。こいつの母親は王妃だったが、そなたが奴隷にしたのだ、エロディア。それゆえ、こいつはここでは客人のようなものだった。だから、隊長にしてやったのだ。死んでしまうとは惜しい……それはそうと、なぜ死体をここに放っておくのだ？　運び出さなければだめだ。見たくない……運び出すのだ……（死体が運び出される。）ここは寒いな。ここは風がある。風が吹いていないか？

エロディア　いいえ、風など吹いておりません。

エロド　いやいや、吹いている……それに何か空に羽ばたくような音が聞こえる。巨大な翼が羽ばたく音が。聞こえないか？

エロディア　何も聞こえません。

エロド　俺にも、もう聞こえなくなった。だが、確かに聞いたのだ。まちがいなく風の音だった。もうやんだが。いや、また聞こえる。聞こえないか？　まったくもって翼の羽ばたくような音だ。

エロドの目

エロディア　何もないと言っているでしょ。あなた、具合が悪いんだわ。戻りましょう。

エロド　具合など悪くない。具合が悪いのはそなたの娘だ。実に具合の悪そうな様子をしているではないか、そなたの娘は。あんなに蒼褪《あおざ》めているあの子を見たことがない。

エロディア　あの子を見つめないように申し上げたじゃありませんか。

エロド　酒を注《つ》いでくれ。（酒が運ばれる。）サロメ、ここへ来て私と一緒に少し酒を飲みなさい。ここにとてもおいしいワインがある。皇帝直々《じきじき》の贈り物だ。その可愛い赤い唇をここに少し浸《ひた》しておくれ。そしたら、あとは私が干してやる。

サロメ　喉《のど》が渇《かわ》いておりません、王様。

エロド　あの返事を聞いたか、そなたの娘の言いぐさを？

エロディア　もっともな返事ではありませんか。どうしてあの子をずっと見つめるのです？

エロド　持ってきてくれ、果物を。（果物が運ばれる。）サロメ、ここに来て私と一緒に果物を食べなさい。果物にそなたの可愛い歯の痕《あと》がつくのが見たいのだ。この果物をほんの少しでいいから噛《か》んでおくれ。そしたら、あとは私が食べてやる。

サロメ　何も食べたくありません、王様。
エロド　（エロディアに）どうだ、娘をよくぞ躾《しつ》けたものだな。
エロディア　娘と私《わたくし》は王族の出ですからね。あなたなんて、おじいさまが駱駝《らくだ》の番人だったじゃありませんか！　しかも盗賊だった！
エロド　嘘をつけ！
エロディア　ご存じでしょ、それが真実。
エロド　サロメ、ここへ来て隣に座れ。おまえの母の、妃《きさき》の椅子をおまえにやる。
サロメ　疲れておりません、王様。
エロディア　この子があなたをどう思っているか、よくおわかりになったでしょ。
エロド　持ってきてくれ……何が欲しいんだ、俺は？　わからない。あ！　そうだ！　思い出した……。
ヨカナーンの声　時は来たれり！　わが預言せし時が来たりと、主《しゅ》なる神がお告げである。我《われ》が語りしその日が来たれり。
エロディア　あれを黙らせて。あの声を聞きたくありません。あの男、いつも私《わたし》に罵詈《ばり》雑言《ぞうごん》を浴びせるんだから。
エロド　あいつは何もそなたのことなど悪く言っておらぬ。それに、あれはとても偉大な預言者なのだ。

エロディア　預言者なんて信じないわ。これから起ることなんて、誰にわかるもんですか。誰にもわかりはしない。それに、あの人、いつも私のことを侮辱する。でも、どうやらあなたはあの人を恐れているのね……そう、わかっているわ、あの人を恐れていることは。

エロド　恐れてなどおらぬ。誰も恐れるものか。

エロディア　いいえ、恐れているのよ。恐れていないなら、どうしてあれをユダヤ人に引き渡さないの。この六か月ものあいだ、引き渡しを求めているというのに。

或《あ》るユダヤ人　さようにございます、陛下。お引き渡しくださるのがよろしいかと。

エロド　その件はもうよい。もうおまえたちへの返事は済んでおる。あれを引き渡すつもりはない。あれは聖者だ。神を見た男なのだ。

或るユダヤ人　それはあり得ません。預言者エリア以来、誰も神を見た者はおりません。エリアが神を見た最後の者。現代では、神はもうお姿をお見せにはなりません。隠れてしまわれた。それゆえ、この国には大きな禍《わざわい》が生じているのです。

別のユダヤ人　まあ、預言者エリアが本当に神を見たのかわかりませんけれどね。見たのは、神の影かもしれない。

第三のユダヤ人　神は決してお隠れになどなりません。いつもお姿を、あらゆるものの中に示されている。神は、よいものと同様、悪いものにも存在するのです。

第四のユダヤ人　そんなことを言ってはいけない。それは、とても危険な思想だ。アレクサンドリアの学説に由来する考え方だ。あそこじゃ、ギリシャ哲学を教えている。ギリシャ人は異教徒だぞ。割礼さえしていない。

第五のユダヤ人　神の御業《みわざ》は、人間にはわかりません。あまりに謎めいています。ひょっとして我々が悪と呼ぶものが善であり、善と呼ぶものが悪なのかもしれません。人間には何もわからないのです。必要なのは、すべてに服従することです。神は実に強大です。弱き者も強き者も見境なく打ち砕かれる。人間のことなど誰一人気にかけてはおられないのだから。

最初のユダヤ人　そのとおりです。神は恐ろしい。弱き者も強き者も、すり鉢の中の穀物のように打ち砕かれる。ですが、この男は決して神を見ておりません。預言者エリア以来、誰も神を見ていないのです。

エロディア　この人たちを黙らせて。もううんざり。

エロド　だが、ヨカナーンこそおまえたちの預言者エリアだという話を聞いたぞ。

或るユダヤ人　それはあり得ません。預言者エリアの時代から三百年以上が経っているのです。

エロド　あれこそが預言者エリアなのだという者もいる。

或るナザレ人　あれこそが預言者エリアにまちがいありません。

或るユダヤ人　いやいや。あれは預言者エリアじゃありませんよ。

ヨカナーンの声　その日は来たれり、主《しゅ》の日は来たれり。山々に、この世の救世主となられる方の足音が聞こえる。

エロド　あれはどういうことだ？　救世主だと？

ティゲリヌス　ローマ皇帝がお使いになる称号です。

エロド　だが、皇帝は、ユダヤにいらっしゃることなどない。昨日ローマから手紙を受け取ったが、そんなことは何も書かれていなかったぞ。と言うか、ティゲリヌス、そなたは冬のあいだローマにいたではないか。そういう話を何か聞いていないか？

ティゲリヌス　はい、陛下。そのような話は聞いておりません。私はただ、称号の説明をしただけでして。あれは皇帝の称号です。

エロド　皇帝がおいでになるはずがない。通風を病んでいらっしゃるのだ。足が象のようになっているとも聞いた。それに、国政上の理由もある。ローマを去る者はローマを失う。おいでにはなるまい。だがまあ、この世の主《ぬし》なのだから、おいでになりたければおいでになるだろう。だが、おいでになるとは思えん。

第一のナザレ人　預言者が言っているのは、皇帝のことではございません、陛下。

エロド　皇帝ではない？

第一のナザレ人　はい、陛下。

エロド　では、誰のことだ？

第一のナザレ人　この世に来たりたもうたメシアのことです。

或るユダヤ人　メシアなど来ていない。

第一のナザレ人　おいでになり、あちこちで奇跡を行っておられます。

エロディア　まあ！　まあ！　奇跡ですって。奇跡なんて信じないわ。いやというほど見ましたからね。（小姓に）私の扇を。

第一のナザレ人　あの方は正真正銘の奇跡を行うのです。たとえば、ガリラヤという小さな、とは言えかなり重要な町で、ある結婚式の席上、あの方は水を葡萄酒《ぶどう》に変えました。そこにいた何人かの人たちから聞いた話でございます。あるいはまた、カペナウムの門前に座っていた重い皮膚病患者二人を、ただ触れただけで治してやったのです。

第二のナザレ人　いや、カペナウムで治してやったのは、二人の盲人ですよ。

第一のナザレ人　いや、皮膚病患者だ。だが、盲人も治しておられるし、山上で天使とお話しになっているところも目撃されている。

サドカイ派のユダヤ人　天使など存在しない。

ファリサイ派のユダヤ人　天使は存在するが、この男が天使と話したなんて信じられないね。

第一のナザレ人　天使と話しておられるところを、大勢が見ているのだ。

サドカイ派のユダヤ人　話し相手は天使じゃないさ。

エロディア　ああもう、いらいらするわね、この人たち！　ばかだわ、こいつら。まったくもってばか。（小姓に）ほら！　扇。（小姓は王妃に扇を渡す。）あなたは、ぼうっと夢見心地ね。夢なんか見てるんじゃないわよ。夢を見るのは病人よ。（王妃は扇で小姓を叩《たた》く。）

第二のナザレ人　それに、ヤイロの娘の奇跡もあります。

第一のナザレ人　そうそう、あれは確かです。あれは否定できません。

エロディア　この人たち、頭がいかれてるわ。月を見つめすぎたのね。黙るように言ってやって。

エロド　そのヤイロの娘の奇跡というのは、何だ？

第一のナザレ人　ヤイロの娘は死んだのですが、あの方が生き返らせたのです。

エロド　死人《しにん》を生き返らせるだと？

第一のナザレ人　はい、陛下。死人を生き返らせるのです。

エロド　そんなことはして欲しくないな。そんなことは禁じる。死人を生き返らせることなど許さん。その男を捜し出し、申し伝えねばならぬ。死人を生き返らせることなど、俺が許さんとな。今、どこにいるのだ、その男は？

第二のナザレ人　あちこちに行っておりまして、陛下、捜し出すのは至難の業です。

第一のナザレ人　今、サマリアにいらっしゃるとの話です。

或るユダヤ人　サマリアにいるなら、メシアでないのは明らかだ。サマリア人のところなんかに、メシアが行くはずがないからな。サマリア人は呪われている。神殿に供物《くもつ》を一度も捧《ささ》げないのだから。

第二のナザレ人　数日前にサマリアをお出になりました。私の考えでは、今、エルサレムあたりにいらっしゃるかと。

第一のナザレ人　いやいや、そこにはいらっしゃらない。俺はエルサレムから着いたばかりなんだ。この二か月、あの方のお噂は聞かないぞ。

エロド　もうどうでもよいわ！　ともかく、そいつを捜し出し、死人を生き返らせることは許さんと、俺が命令したと伝えろ。水を葡萄酒に変えるとか、皮膚病患者や盲人を治してやるとか……そういったことなら、やりたければやってもいい。そういったことには文句はつけん。それに、皮膚病患者を治してやるのは善い行いだからな。だが、死人を生き返らせるのは許さん……そんなことをして、死人がぜんぶ生き返ったら恐ろしいことになる。

ヨカナーンの声　ああ！　淫《みだ》らなる者よ！　娼婦《しょうふ》よ！　ああ！　金の瞳《ひとみ》をし、瞼《まぶた》を金色《こんじき》に塗ったバビロンの娘よ！　主なる神はかく仰《おお》せなり。群衆をしてその女に向かわしめよ。人々をして石を取らしめ、女に向かって投げさしめ……。

エロディア　あれを黙らせて！

ヨカナーンの声　軍の隊長らをして、その剣《つるぎ》以《も》て女を貫かしめ、その盾以て女を圧《お》し潰《つぶ》さしめよ。

エロディア　ひどすぎるわ。

ヨカナーンの声　かくして、この大地より罪という罪はなくなり、すべての女はこの女の忌《い》まわしき罪を真似《あ》てはならぬと知るだろう。

エロディア　私のことを悪しざまに言うのをお聞きになったでしょ？　自分の妻を

侮辱されて、黙っているつもり？
エロド　だが、そなたの名前を言ってはおらぬぞ。
エロディア　だから何？　あれが侮辱しようとしているのが私のことだってよくわかっていらっしゃるはず。で、私はあなたの妻じゃないの？
エロド　そうだよ、愛《いと》しく、高貴なエロディア。わが妻であり、かつてはわが兄の妻でもあった。
エロディア　あの人の腕から私を奪ったのは、あなたよ。
エロド　そう、俺のほうが強かった……だが、その話はよそう。その話はしたくない。預言者が身の毛もよだつことを言うのは、そのせいだからな。ひょっとすると、そのせいで禍《わざわい》が起こるのかもしれぬ。もうやめよう……気高いエロディア、お客のことを忘れているじゃないか。酒を注《つ》いでおくれ、愛しい妻よ。ここにある大きな銀の杯《さかずき》と大きなガラスの杯のすべてに酒をなみなみと注いでおくれ。皇帝の健康を祝して乾杯しよう。ここにはローマ人たちもいるのだ、皇帝の健康に乾杯せぬわけにはいかぬ。
全員　皇帝に！　皇帝に！
エロド　気づいておらぬな、そなたの娘がなんと蒼《あお》い顔をしているか。

エロディア　あの子が蒼い顔をしていようと、いなかろうと、それがあなたにとって何だというのです？

エロド　あんなに蒼褪《あおざ》めているあの子を見たことがない。

エロディア　あの子を見つめてはなりません。

ヨカナーンの声　その日、太陽は毛の粗き布の如く黒ずみ、月は血の如く赤らみ、空の星々は無花果《いちじく》の青き実の如く地に落ち、地上の王たちは恐れ慄《おのの》くであろう。

エロディア　まあ！　まあ！　見てみたいものね、そんな日を。月が血の如くなり、星々が無花果の青き実の如く地に落ちる日を。この預言者の話は、酔っ払いのたわごとだわ……でも、あの声の響きには耐えられない。あの声、大っ嫌い。黙るように命じて。

エロド　いや、だめだ。あれが何を言っているのかわからんが、何かの前兆かもしれない。

エロディア　前兆なんて信じないわ。あの人の話は、酔っ払いのたわごとよ。

エロド　もしかすると、お神酒《みき》で酔ったのかも！

エロディア　何よ、お神酒って？　どんな葡萄からできるの？　どんな搾《しぼ》り器で搾るの？

エロド　(もはやサロメを見つめるのをやめようとせずに)ティゲリヌス、最近ローマにいたとき、皇帝はおまえに話されたのか、そのことを……?
ティゲリヌス　そのこととは、陛下?
エロド　そのこと?　ああ!　俺がそなたに尋ねたんだったな?　何を聞こうとしたのか忘れてしまった。
エロディア　また娘を見つめて。あの子を見つめてはなりません。そう申し上げたでしょ。
エロド　それればかり言うな。
エロディア　何度でも言います。
エロド　ところで、神殿の修復はずいぶん噂になっていたな?　どうにかなったのか?　祭壇のヴェールがなくなったという話だが?
エロディア　あのヴェールを取ったのはあなたじゃないの。おかしなことばかり仰《おっしゃ》って。もうここにはいたくありません。戻りましょう。
エロド　サロメ、私のために踊っておくれ。
エロディア　あれに踊らせたくはありません。
サロメ　少しも踊りたくはございません、王様。

エロド　サロメよ、エロディアの娘よ、私のために踊っておくれ。
エロディア　あの子をそっとしておいて。
エロド　これは命令だ、サロメ、踊れ。
サロメ　踊りません、王様。
エロディア　（笑って）ほうら、なんて素直ないい子でしょう！
エロド　あれが踊ろうと踊るまいと、それが俺にとって何だというのだ？　どうでもいい。今宵《こよい》、俺は愉快なのだ。実に愉快だ。こんなに愉快だったことはない。
第一の兵士　暗いご様子だな、王は。暗いご様子ではないか？
第二の兵士　暗いご様子だな。
エロド　どうして愉快にならずにおれようか。皇帝が、この世の主《ぬし》が、万物の主が、俺をご寵愛《ちょうあい》くださっているのだ。大変高価な贈り物を送ってくださったばかりだ。それに、わが敵、カッパドキアの王をローマに呼びつけると約束してくださった。ひょっとすると、ローマで、やつは磔《はりつけ》になるやもしれん。皇帝は、何でも思いどおりのことができる。要するに、皇帝こそが主《しゅ》なのだ。だから、わかろう、俺には愉快になる資格があるわけだ。事実、俺は愉快なのだ。こんなに愉快だったことはない。わが歓《よろこ》びを損なうことができるものなど、この世にありはしない。

ヨカナーンの声　その者は王座に就《つ》いていよう。緋《ひ》色《いろ》と深紅を纏《まと》うていよう。手にした金の杯《さかずき》には、冒瀆《ぼうとく》が溢《あふ》れていよう。そして、主なる神の天使がその者を打ち据えるのだ。その者は蛆《うじ》に食われるであろう。

エロディア　聞こえたでしょ。あなたが蛆に食われるなんて言ってるわよ。

エロド　あれは俺のことではない。あの男が俺のことを悪く言ったことなど一度もない。あれは、カッパドキアの王のことを言っているのだ。わが敵のカッパドキアの王のことだ。蛆に食われるのはあいつだ。俺じゃない。俺のことを悪く言ったことなど一度もないのだ、あの預言者は。ただ兄の妻を自分の妻とした過ち以外はな。たぶん、そのとおりなのだ。実際、そなたは子供を産めぬ女だ。

エロディア　私が子供を産めない女ですって、この私が。そう言うあなたこそ、どうなの。ずっと娘ばかり見つめて、娘に踊りを踊らせて楽しみたがっているあなたこそ。ばかばかしいにもほどがあるわ。私は子供を産んだのよ。あなたは子供を持ったことがない。奴隷女にも産ませたことがない。種《たね》がないのはあなたでしょ。私じゃない。

エロド　黙っていてくれ。そなたが子どもを産めぬ女だと俺は言っているのだ。俺に子を儲《もう》けてくれなかったし、預言者は我々の結婚は本当の結婚ではないと言っている。近親相姦《そうかん》の結婚、禍をもたらす結婚だと……やつの言うとおりなのかもしれぬ。きっとやつの言うとおりなのだ。だが、今はこんなことを話すときではない。今は、愉快にやりたい。事実、俺は愉快なのだ。実に愉快だ。俺には何一つ不足がないのだから。

エロディア 今宵、あなたがこんなにご機嫌でいらっしゃるなんて、私もうれしいわ。あなたにしては珍しいことですもの。でも、もう遅い。戻りましょう。明日《あす》は日の出とともに狩りに出かけるのをお忘れなく。皇帝の使節には、礼を尽くさなければならないんでしょ？

第二の兵士 なんて暗いご様子なんだ、王は。

第一の兵士 ああ、暗いご様子だな。

エロド サロメ、サロメ。私のために踊っておくれ。頼むから、私のために踊っておくれ。今宵、私は悲しいのだ。そう、今宵、とても悲しいのだ。ここに入ってきたとき、血で滑ってしまった。不吉な前兆だ。そして聞こえた。まちがいなく聞こえたのだ、空に羽ばたく翼の音が。巨大な翼の羽ばたく音が。それが何を意味するかはわからない……今宵、私は悲しい。だから私のために踊っておくれ。私のために踊っておくれ、サロメ、頼む。私のために踊ってくれたら、何でも欲

長椅子のサロメ（*Salome on a Settle*）

訳注　この絵は1894年の版にはなく、1907年ロンドン初版の *A Portfolio of Aubrey Beardsley's Drawings Illustrating "Salome" By Oscar Wilde* の Plate XVI として掲載された。

しいものを求めてよいぞ。何でもやろう。そうだ、私のために踊っておくれ、サロメ、そしたらそなたが求めるものをすべてやろう。たとえわが王国の半分であろうと。

サロメ　（立ち上がって）私が求めるものを何でもくださいますの、王様？

エロディア　踊ってはだめよ、サロメ。

エロド　何でもやろう。たとえわが王国の半分であろうと。

サロメ　お誓いになりますか、王様？

エロド　誓うぞ、サロメ。

エロディア　サロメ、踊ってはだめ。

サロメ　何にかけてお誓いになりますか、王様？

エロド　わが命にかけて、わが王冠にかけて、わが神々にかけて。そなたの求めるものは何でもやろう、たとえわが王国の半分であろうと、私のために踊ってくれるなら。ああ！　サロメ、サロメ、私のために踊っておくれ。

サロメ　お誓いになりましたね、王様。

エロド　誓ったぞ、サロメ。

サロメ　私の求めるものは何でも、たとえ王国の半分であろうと？

エロディア　踊ってはだめよ、サロメ。

エロド　たとえわが王国の半分であろうと。おまえが女王となったら、さぞかし美しかろうなあ、サロメ、おまえがわが王国の半分を求める気になってくれたなら。この娘《こ》なら、とびっきり美しい女王となるとは思わんか？……ああ！　ここは寒い！　ひどく冷たい風が吹く、それに聞こえる……なぜ空に翼の羽ばたく音が聞こえるのだ？　おお！　あたかも鳥が、大きな黒い鳥が、テラスの上を飛んでいるようだ。なぜその姿が見えないのだ、その鳥が？　その翼の羽ばたく音たるや、すさまじい。その翼が起こす風たるや、すさまじい。冷たい風だ……いや、少しも冷たくない。それどころか、ひどく熱い。熱すぎる。息ができない。この手に水をかけてくれ。雪をこの口に含ませてくれ。このマントを外してくれ。早くしろ、早く、マントを外せ……いや。このままでいい。苦しいのは王冠だ。この薔《ば》薇《ら》の王冠だ。あたかもこの花が火でできているかのようだ。額が焼ける。（頭から花冠をむしりとって、テーブルの上に投げる。）ああ！　やっと息がつける。何だ、この花びらの赤さは！　さながらテーブルクロスの血の染みのようだ。それが何だというのだ。目にするものすべてに、いちいち意味を読み取る法があるものか。そんなことをしていたら生きていけない。血の染みは薔薇の花びらのように美しいとでも言っておけばいいのだ。そう言っていた方がずっといい……だが、こんな話はやめにしよう。今、俺は愉快なのだ。実に愉快だ。俺には愉快になる資格がある。そうではないか？　そなたの娘が俺のために踊ってくれるのだ。そうであろう、サロメ、私のために踊ってくれるのであろう？　そなたは、私のために踊ると約束したぞ。

エロディア　あれに踊らせたくはありません。

サロメ　王様のために踊ってさしあげましょう。

エロド　聞いたろう、そなたの娘が言ったことを。俺のために踊ってくれるのだ。当然のことだぞ、サロメ、私のために踊るというのは。そして、踊り終えたら、欲しいものを何でも求めるのを忘れるでないぞ。欲しいものは何でも与えよう、たとえわが王国の半分であろうとも。私は誓ったのだ。そうであろう？

サロメ　お誓いになりました、王様。

エロド　そして私は、約束を破ったことがない。約束を破るような連中とはちがうのだ。嘘がつけない男だからな。私はわが言葉に縛られる。なにしろ、わが言葉は、王の言葉だ。カッパドキアの王はしょっちゅう嘘をつくが、あれはまことの王ではない。ありゃ卑怯者《ひきょうもの》だ。しかも、俺に金を借りておきながら、返そうとし

サロメの化粧　I

ない。わが使節を侮辱さえしおって。赦《ゆる》しがたいことを言ったのだ。だが、やつがローマに行ったら、皇帝が磔《はりつけ》にしてくださるだろう。皇帝が必ずや、やつを磔にしてくださるはずだ。そうでなくとも、蛆《うじ》に食われて死ぬのだ。預言者がそう預言したのだ。さあ！　サロメ、何をぐずぐずしている？

サロメ　奴隷たちが香水と七つのヴェールを持ってくるのを待っています。このサンダルも脱がせてもらわないと。

奴隷たちが香水と七つのヴェールを持ってきて、サロメのサンダルを脱がす。

エロド　ああ！　裸足《はだし》で踊るのか！　結構！　結構！　そなたの可愛い足は、白い鳩のように見えよう。まるで木の上で踊る白い可愛い花のように……あ！　いかん。血の上で踊ることになる！　床に血がある。血の中で踊って欲しくはない。ひどく不吉な前兆となろう。

エロディア　あの子が血の中で踊ったからといって、それがあなたにとって何だというのです？　あなたは血の中をさんざん歩いてきたくせに、そのあなたが……。

エロド　それが俺に何だと？　ああ！　月をご覧！　赤くなった。血のように赤くなった。ああ！　預言者の言ったとおりだ。あれは、月が血のように赤くなると

サロメの化粧　II

預言していた。そう預言したではないか？　みなも聞いたはずだ。月が血のように赤くなった。あれが見えぬか？

エロディア　よく見えています。そして星々が無花果《いちじく》の青き実の如く地に落ちるのでしょう？　そして太陽は毛の粗き布の如く黒くなり、地上の王たちは恐れ慄《おのの》く、だったわね。少なくとも、それはそのとおりね。あの預言者も一生に一度はまともなことを言うじゃないの。地上の王たちは恐れ慄いているもの……もういいわ、戻りましょう。あなた、病気なのよ。あなたの頭がおかしくなったなんてローマで噂されるんじゃないかしら。戻りましょうってば。

ヨカナーンの声　エドムより来たるは何者か、緋色《ひいろ》に染まりしローブを纏《まと》いてボッラより来たるは何者か？　美しき装いに光り輝き、勢い余って闊歩《かっぽ》するは誰《た》ぞ？　なにゆえにその衣服は緋色に染まりしか。

エロディア　戻りましょう。あの男の声を聞くと、いらいらする。あれがあんなふうに叫ぶなかを娘が踊るなんて、いやよ。あなたがあの子をそんな目で見つめるなかをあの子が踊るのも、いや。と言うより、あの子に踊って欲しくないの。

エロド　立つな、妻よ、王妃よ、無駄なことだ。俺は、あれが踊らぬうちは戻らぬぞ。踊りなさい、サロメ、私のために踊っておくれ。

腹の踊り

エロディア　踊ってはだめよ、サロメ。

サロメ　準備ができました、王様。

サロメは七つのヴェールの踊りを踊る。

エロド　ああ！　すばらしい、すばらしい！　俺のために踊ってくれたぞ、そなたの娘は。ここへおいで、サロメ！　ここへおいで。そなたに報酬を与えよう。ああ！　舞姫には気前良く褒美をやる男だぞ、この俺は。おまえには、たっぷり褒美をやろう。望みのものを何でもやる。何が望みだ？　言え。

サロメ　（跪《ひざまず》いて）私のいただきたいものは、今すぐ銀の大皿に載せて……

エロド　（笑って）銀の大皿に載せて？　よしよし、銀の大皿に載せてな、もちろんだ。可愛いことを申すではないか？　で、銀の大皿に載せて何が望みなのだ？　わが愛《いと》しい美しいサロメ。ユダヤの娘たちの中で最も美しいサロメ。銀の大皿に載せて何が望みなのかな？　言ってごらん。何であろうと、そなたに与えよう。わが財産はそなたのものだからな。それは何だ、サロメ。

サロメ　（立ち上がって）ヨカナーンの首。

エロディア　まあ！　さすが、わが娘。

エロド　いやいや。

エロディア　さすが、わが娘。

エロド　いやいや、サロメ。それを求めることはならぬ。そなたの母の言うことを聞くでない。これはいつもそなたに悪知恵をつけるからな。聞いてはならぬ。

サロメ　母の知恵ではございません。銀の大皿に載せてヨカナーンの首を頂戴《ちょうだい》したいというのは、私自身の歓《よろこ》びのため。王様はお誓いになりました、エロド様。お誓いになったことをお忘れにならないでください。

エロド　わかっておる。神々にかけて誓ったのだ。よくわかっておる。だが、頼む、サロメ、何かほかのものにしてくれないか。わが王国の半分を求めなさい。そしたら、それを与えよう。だが、そなたが求めたものを求めてはくれるな。

サロメ　ヨカナーンの首を求めます。

エロド　いやいや、それはだめだ。

サロメ　お誓いになりました、エロド様。

エロディア　そう、お誓いになりました。みんなが聞いておりました。あなた、みんなの前でお誓いになったのよ。

エロド　黙っていてくれ。そなたに話しているのではない。

エロディア 娘が、あの男の首を求めるのはもっともなことです。あの男、私に罵《ば》詈《り》雑言《ぞうごん》を浴びせたんだから。私にとんでもないことを言ったんです。あの子が母親思いだということはよくわかります。折れてはなりませんよ、わが娘。王はお誓いになった、お誓いになったんですから。

エロド 黙っていてくれ。話しかけるな……どうだろう、サロメ。物の道理をわきまえねばならぬ。そうであろう？ 物の道理をわきまえる必要があろう？ 私はこれまでそなたに厳しく接したことなど一度もない。いつだって、そなたを愛してきた……ひょっとすると、愛しすぎたのかもしれぬ。だから、それだけは求めないでくれ。おぞましいことだ。そんなものを求めるなんて身の毛がよだつことだ。本当は、本気ではないのだろう。斬り落とされた人間の首なんて、醜悪ではないか？ 乙女が見るものではない。そんなものを手に入れて、何の歓びがあるというのだ？ 何もない。いやいや、そなたが望むのはそんなものではない……ちょっと聴いてくれ。私はエメラルドを持っているのだ。皇帝の寵臣《ちょうしん》から贈られた大きな丸いエメラルドだ。このエメラルド越しに物を見ると、遠くで起こっていることが大きく見える。皇帝自身がそれとまったくそっくりなものを、競技場へお出かけのときにはお持ちになるのだ。だが、私のはもっと大きい。まちがいなく、もっと大きい。世界一大きなエメラルドだ。それが欲しくはないか？　それが欲しいと言ってごらん。そなたにやろう。

サロメ　ヨカナーンの首を求めます。

エロド　私の話を聴いてないな。聴いてない。とにかく話を聴いてくれ、サロメ。

サロメ　ヨカナーンの首を。

エロド　いやいや、そなたが望むのはそんなものではない。ただ私を苦しめようとして、そんなことを言っているのだろう。今宵《こよい》ずっとそなたを見つめていた仕返しに。ああそうさ！　そのとおり。今宵ずっと見つめていたさ。その美しさに心を乱されてな。その美しさに、ひどく心を搔《か》き乱され、そなたを見つめすぎてしまった。だが、もうそんなことはするまい。物にせよ、人にせよ、見つめてはならぬのだ。見つめてよいのは鏡だけだ。鏡は、仮面しか見せてくれぬからな……おお！　おお！　酒だ！　喉《のど》が渇《かわ》いた……サロメ、サロメ、仲直りしよう。つまり、よいか……何を言おうとしていたんだったかな？　何だったか？　ああ！　思い出した！……サロメ！　いや、もっと近くに来なさい。私の話を聴いていないのではないかと心配なのだ……サロメ、私の白い孔雀《くじやく》を知っているな。庭で銀梅花と大きな糸杉のあいだを散歩している、あの美しい白い孔雀だ。嘴《くちばし》は金に輝き、啄《ついば》む餌も金色《こんじき》で、脚は深紅に染まっている。あれが鳴けば雨が降り、気取って尾羽《おばね》を広げれば空に月が昇る。二羽ずつ連れ立って糸杉と黒い銀梅花のあいだを歩くが、一羽ずつ世話をする奴隷がついているのだ。時には木々の合間を縫って飛び、時には芝の上や池のほとりに蹲《うずくま》る。これほどすばらしい鳥は、この世にありはしない。これほどすばらしい鳥を持っている王は、この世にいはしない。ローマ皇帝でさえ、これほど美しい鳥は持っていないにちがいない。そこでだ！この白孔雀を五十羽、そなたにやろう。そなたのあとをどこへでもついてまわり、群れに囲まれたそなたの姿は、大きな白い雲の中の月のように見えよう……全部、そなたにやろう。百羽しかいないが。しかも、あれほどの孔雀を持っている王はこの世のどこにもいないのだ。それを、すべてそなたにやろうと言うのだ。ただし、私を約束から解放してくれなければならぬ。さっき求めたものは、もう求めてはならぬ。(王は酒の杯《さかずき》を呑み干す。)

サロメ　私にヨカナーンの首をください。

エロディア　さすが、わが娘！　で、あなたは何です、孔雀だなんてばかなことを仰《おっしゃ》って。

エロド　黙っていてくれ。そなたはいつも喚《わめ》きおる。猛獣のように喚きおる。そんなふうに喚いてはならぬ。その声を聞くのは、うんざりだ。黙っていてくれと言っているのだ……サロメ、自分のしていることを考えてみなさい。あの男は、恐らく神のもとから来たのだ。神が遣《つか》わした使者であることは、まちがいないと思う。聖者だ。神の指があの男に触れたのだ。神はあの男の口に恐ろしい言葉を預けた。神は、砂漠にいたときと同様、この宮殿にあっても常にあの男とともにある……少なくとも、それはあり得る。わからないが、神があの男の味方をし、あの男とともにあるということは、あり得ることだ。となれば、あの男が死んだら、ひょっとしたら私に禍《わざわい》が起こるかもしれない。なにしろ、あいつは言ったのだ、自分が死ぬとき、誰かに禍が起こると。だとすれば、私よりほかにおるまい。思い出してくれ、私がここに入ってきたとき血で足を滑らせたのを。しかも、空に翼の羽ばたく音が聞こえた。巨大な翼の羽ばたく音が。これはかなり不吉な前兆だ。ほかにもあった。ほかにもあったにちがいないが、私にはわからなかった。そこでだ！　サロメ、私に禍が起こるなど、そんなことをそなたは望まんだろう？　そなたが望むのはそんなことではない。ともかく、私の言うことを聴いてくれ。

サロメ　私にヨカナーンの首をください。

エロド　ほら、ご覧、何も聴いていないではないか。まあ、落ち着きなさい。私は、実に落ち着いている。まったくもって落ち着いている。聴いてくれ。ここに、そなたの母にも見せたことのない宝石を隠し持っているのだ。まったくもってすばらしい宝石の数々だ。四連の真珠の首飾りがある。こいつは、さながらたくさんの月が銀の光線でつながっているようだぞ。さながら五十もの月が黄金の網にかかっているように見える。或《あ》る女王がその象牙《ぞうげ》のような胸につけていたものだ。おまえがそれをつけたなら、女王のように美しくなれるぞ。紫水晶も二種類ある。一つは葡萄《ぶどう》酒のように黒い。もう一つは葡萄酒を水で割ったように赤い。虎の目のような黄色いトパーズもあれば、鳩の目のようなピンクのトパーズもあれば、猫の目のような緑色のトパーズもある。実に冷たい炎をあげて燃え続けるオパールもあれば、魂を悲しませ、闇を恐れるオパールもある。まるで死んだ女の瞳《ひとみ》のような瑪瑙《めのう》もある。月長石もあるぞ。月の満ち欠けに合わせて色が変わり、太陽を見ると真っ蒼《さお》になるのだ。卵ほど大きいサファイアは、青い花のような青さだ。中には海が揺らめき、月の光でさえ、その波の青さを乱すことはできない。クリソライトに緑柱石もあれば、クリソプレーズにルビーもある。赤縞瑪瑙《あかしま》にジルコンも、玉髄《ぎょくずい》もある。それをすべてやろう。一切合切、そのうえ、ほかのものもつけてやる。インドの王が、鸚鵡《おうむ》の羽でできた扇を四本送ってくれたところなのだ。それからヌミディアの王からは、駝鳥《だちょう》の羽でできたローブが届いた。女が見てはならぬ水晶もある。若い男も鞭《むち》打たれてからでないと見てはならぬ水晶だ。螺鈿《らでん》の宝石箱には最高のトルコ石が三つ入っている。それを額に当てれば、存在しないものの姿が思い描《えが》け、手に持てば女を不妊にすることができる。どれもものすごい価値のある財宝だ。値のつけられない貴重な財宝だ。それだけではない。黒檀《こくたん》の宝石箱には、まるで黄金の林檎《りんご》のような琥珀《こはく》の杯が二つ入っている。敵がこの杯に毒を注げば、銀の林檎のように変わるのだ。琥珀の象嵌《ぞうがん》細工を施した箱には、ガラス細工のついたサンダルが入っている。セレス人の国から届いたマントもあれば、ユーフラテスの町から届いた、ガーネットと翡翠《ひすい》を埋め込んだ腕輪もある……さあさあ、サロメ、何が欲しいんだ？　欲しいものを言え。そしたら、それをおまえにやろう。おまえが欲しがるものは何もかもやる、たった一つを除いてな。俺の持っているものは何もかもやる、一つの命を除いてな。大祭司のマントだってくれてやる。祭壇のヴェールだってくれてやる。

ユダヤ人たち　おお！　おお！

サロメ　私にヨカナーンの首をくれ。

エロド　（椅子に沈み込んで）これの望むものを与えてやれ！　さすがはこの母親の娘だ！

第一の兵士が近づいてくる。エロディアが王の手から死の指輪を抜いて、兵士に渡すと、兵士は直ちにそれを首斬り役人のところへ持っていく。首斬り役人はひどく驚いた様子。

エロド　誰が俺の指輪を抜き取った？　この右手には指輪があったはずだ。誰が俺の酒を呑《の》んだ！　この杯には酒があったはずだ。たっぷり入っていたはずだ。誰かが呑んだのか？　おお！　今にも誰かに禍が起こるにちがいない。（首斬り役人が貯水槽の中へ下りていく。）ああ！　なぜ約束などしたのだろう？　王たる者、約束などするものではない。守れなかったら、ひどいことになるのだから。守っても、ひどいことになるが……。

エロディア　娘はよくやったと思いますわ。

エロド　今にも禍が起こるにちがいない。

サロメ　（貯水槽に屈《かが》み込んで、耳をすまして）何の音もしない。何も聞こえない。どうして叫び声をあげないのかしら、あの人？　ああ！　誰かが私を殺そうとやってきたら、私なら叫ぶわ。もがくわ。我慢なんてしない……剣を振り下ろして。

振り下ろすのよ、ナーマン。振り下ろすの……だめ。何も聞こえない。気味が悪いくらい静まり返っている。あ！　何かが地面に落ちた。落ちる音がした。首斬り役人の剣だ。怖がっているんだ、あの奴隷！　剣を落としてしまった。あの人を殺すこともできない。腰抜けね、あの奴隷！　兵士たちにやらせなきゃ。（エロディアの小姓を見て、話しかける。）ここへおいで。おまえ、死んだ男の友達だったんでしょ？　でね、死がまだ足りないの。兵士たちに下へ下りて持ってくるように言って頂戴《ちょうだい》、私の求めたものを、王様が私に約束したものを、私のものを。（小姓はしりごみする。サロメは兵士らに話しかける。）ここへおいで、兵士たち。この貯水槽の中へ下りて、あの男の首を持ってきて頂戴。（兵士たちはしりごみする。）王様、王様、兵士たちにお命じください、ヨカナーンの首を持ってくるように。

大きな黒い片腕が、首斬り役人の片腕が、銀の盾の上にヨカナーンの首を載せて貯水槽から出てくる。サロメはその首をつかむ。エロドはマントで自分の顔を隠す。エロディアは微笑みながら、扇で自分をあおいでいる。ナザレ人たちは跪《ひざまず》いて、祈りだす。

サロメ　ああ！　おまえはその口にキスさせてくれなかったね、ヨカナーン。でも、さあ！　今こそその口にキスするわ。熟《う》れた果実を嚙《か》むように、その口を私の歯で噛んであげる。そう、今こそその口にキスするわ、ヨカナーン。そうするって言ったでしょ？　そう言ったわ。だから、さあ！　今からその口にキスするわよ……でも、どうして私を見てくれないの、ヨカナーン？　あんなに怖かったおまえの目、怒りと軽蔑《けいべつ》に満ちていたおまえの目は、今は閉じてしまっている。どうして閉じているの？　目を開けて！　瞼《まぶた》をあげて、ヨカナーン。どうして私を見てくれないの？　私が怖いの、ヨカナーン？　それで私を見たくないの？……それに、毒を吐く赤い蛇のようだったおまえの舌、それももはや動かず、今は何も言わないのね、ヨカナーン、私に毒を吐きかけたこの赤い蝮《まむし》は。不思議じゃない？　どうしてこの赤い蝮はもう動かないの？……おまえは私を欲しがらなかった、ヨカナーン。私を拒《こば》んだ。私にひどいことを言った。私を娼婦《しょうふ》や売春婦のように扱った、この私を、サロメを、エロディアの娘を、ユダヤの王女を！　でもね、ヨカナーン、私はまだ生きているけど、おまえは死んで、おまえの首は私のもの。それをどうしようと私の勝手。犬にだって、空を飛ぶ鳥にだって、投げてやれるの。犬が食べ残したら、空の鳥がつつくわね……ああ！　ヨカナーン、ヨカナーン、おまえだけなのよ、私が愛したのは。ほかの男なんて厭《いと》わしい。でも、おまえは、おまえは美しかった。おまえの体は、銀の台座に立つ象牙《ぞうげ》の柱だった。

舞姫の褒美

鳩が群がり、銀の百合《ゆり》でいっぱいのお庭だった。象牙の盾で飾られた銀の塔だった。おまえの体ほど白いものなんて、この世にありはしなかった。おまえの髪ほど黒いものなんて、この世にありはしなかった。この世のどこを探しても、おまえの口ほど赤いものなんてありはしなかった。おまえの声は妖《あや》しい香りを放つ吊《つ》り香炉《こうろ》。そしておまえを見つめると、不思議な音楽が聞こえてきたのよ！　ああ！　どうして私を見てくれなかったの、ヨカナーン？　その手の陰に、呪いの陰に、おまえは顔を隠してしまった。おまえは自分の神を見ようとして、その目を覆ってしまった。そうしておまえは神を見たけれど、ヨカナーン、私を、この私を……おまえは決して見てくれなかった。私を見てくれたら、私を愛してくれたろうに。私はね、私はおまえを見たのよ、ヨカナーン、そしておまえに恋してしまったの。ああ！　どれほどおまえに恋焦がれたことか。今でも恋しているわ、ヨカナーン。おまえしか愛せない……私は、おまえの美しさに渇《かわ》いている。おまえの体に飢えている。お酒も果物も、私の欲情を満たしはしない。私はこれからどうしたらいいの、ヨカナーン？　大河だって大噴水だって、私の情熱を消せやしない。私は王女だったのよ、それをおまえは侮辱した。私は処女だったのよ、その花をおまえは散らした。私は純潔だったのよ、それなのに、おまえは

クライマックス

私の血管を炎で満たした……ねえ！　ねえ！　どうして、私を見てくれなかったの、ヨカナーン？　見てくれたら、きっと私に恋したろうに。絶対私に恋したはず。そして、愛の神秘は、死の神秘よりも大きいの。見つめるべきは、愛だけよ。

エロド　とんでもないぞ、おまえの娘は。まったくもってとんでもない。結局、あれのやったことは大罪だ。これは、知られざる神への罪にちがいない。

エロディア　あの子がしたのはよいことだわ。もう少しここにいたくなった。

エロド　（立ち上がって）ああ！　近親相姦《そうかん》の妻が、ぬけぬけと！　来い！　ここにいたくはない。来いと言っているのだ。今にも禍《わざわい》が起こるにちがいない。マナセ、イサカル、オジアス、松明《たいまつ》を消せ。もう何も見たくない。何にも見られたくない。松明を消すのだ。月を隠せ！　星を隠せ！　我々も宮殿の中へ隠れよう、エロディア。俺は怖くなってきた。

奴隷たちが松明をすべて消す。星々が消える。大きな黒雲が月の前を通り、月を完全に隠してしまう。場面はすっかり暗くなる。王は階段を上り始める。

サロメの声　ああ！　おまえの口にキスしたよ、ヨカナーン、おまえの口にキスした。おまえの唇は苦い味がした。血の味かしら？……でも、恋の味かも。恋は苦い味がするっていうから……でも、どうでもいいわ。どうでもいい。おまえの口にキスしたんだもの、ヨカナーン。おまえの口にキスしたの。

一筋の月光がサロメと階段の上を照らす。

エロド　（振り返って、サロメを見て）あの女を殺せ！

兵士たちは飛び出していき、その盾でサロメを、エロディアの娘を、ユダヤの王女を圧《お》し潰《つぶ》す。

キュ・ド・ランプ（巻末小挿絵）

訳者あとがき

オスカー・ワイルド（一八五四〜一九〇〇）の『サロメ』と言えば、退廃的で耽美《たんび》的な幻想性に富んだ世紀末文学の傑作として知られてきた。血のしたたるヨカナーンの生首を手にして「おまえの口にキスしたよ」と語る妖艶《ようえん》なサロメは、究極のファム・ファタールとして受容されてきた。しかし、である。

日夏耿之介《ひなつこうのすけ》から始まって『サロメ』は何度も訳されてきたが、これまでの翻訳は、ファム・ファタールとしてのサロメに目を奪われすぎて、この劇の中で何が起こっているのかに気づいてこなかったのではないだろうか。あるいは、ワイルドの愛人のダグラス卿による英語訳があるせいで、オリジナルのフランス語版がそれとは全然違うことがわかりづらくなっているのかもしれない。『サロメ』をせっかくフランス語原文から訳された平野啓一郎《ひらのけいいちろう》氏が、フランス語原本と英語版とを「読み比べてみて、両者の間に内容上の大きな異同はなかった」と光文社古典新訳文庫にお書きになっていらっしゃるのは、その一例のように思われてならない。

今回フランス語から丁寧に慎重に訳してみて、ワイルドがフランス語を用いて仕掛けたドラマがこれまで完全にスルーされてきた事実に気づいて驚いた。

まずヨカナーンのドラマである。これまでの翻訳ではヨカナーンは一貫して強い言葉でサロメに対して叱るように命令する人物として描《えが》かれてきたが、ワイルドはそんなヨカナーンなど描いていない。ワイルドが描くヨカナーンは、「人の子を捜しに砂漠へ行きなさい」などと聖者として振る舞いながら、サロメが彼を求めて近づいてくると、彼女の官能性を感じて動揺する男なのだ。

ヨカナーンはサロメを感じてしまうのである。男としてサロメを感じてしまうことは、聖者たるヨカナーンのアイデンティティの崩壊につながる。だから、彼はあわててサロメを遠ざけようとし、そして逃げ去る。サロメもそうとわかるから、自分を感じてくれたヨカナーンを追い求める。

感性――それこそがワイルドが求め、描きたかったものであることは、彼の『ドリアン・グレイの肖像』やその他の著作を見ても明らかなはずだ。しかも、そこにはホモ・エロティシズムへの目配せもある。ヨカナーンだけでなく、エロド王の感情の乱れもこの作品のドラマの重要な要素となっているが、それもこれまでの翻訳では気づかれてこなかった。ポイントはフランス語、それもワイルド独特のフランス語の使い方にある。以下、詳細に説明していこう。

『サロメ』のフランス語

本題に入る前に、ワイルドがフランス語をどう捉えていたか確認しておこう。彼はフランス語でこの作品を執筆した理由を、一八九二年『パル・マル・ガゼット』紙六月二十九日付のインタビューにこう答えている。

私には思いどおりに使いこなせる楽器が一つあって、それは英語です。もう一つ、生涯ずっと耳にしてきた楽器があり、この新しい楽器にさわってみたかったんです。なにか美しいものができるんじゃないかと思ってね。

ここでフランス語を「楽器」という言葉を用いて表現したのは、単なる気まぐれではない。同じ表現を、ワイルドは、ブラム・ストーカー（ダブリンのトリニティ・カレッジ時代の先輩）の奥方フローレンスへ宛てた手紙（一八九三年二月二十二日付）でも用いているのである。なお、ワイルドは学生時代に、フローレンスに惚《ほ》れて求愛していたのだが、ワイルドがオックスフォード大学を卒業した一八七八年、彼女はストーカーと結婚してしまい、ワイルドを驚かせた経緯《いきさつ》がある。ストーカーが『ドラキュラ』（一八九七）で有名になるのはこの手紙（*The Complete Letters of Oscar Wilde*, ed. Merlin Holland and Rupert Hart-Davis（London: 4th Estate, 2000), 552）の四年後である。

親愛なるフローレンスへ

『サロメ』をお受け取りいただけますでしょうか。母語でない言葉での、わが不思議なる試みです――ですが、まだ弾いたことのない楽器を愛するように私が愛する言語なのです。明日にはお手許《てもと》に届くでしょう。お気に召していただけるとうれしいです。

同時期に、ワイルドは英国の批評家エドマンド・ゴスにも同内容の手紙を書き送り、そこでも「あの繊細なる楽器、フランス語を使った最初の試み」という表現をしている（*Letters*, 553）ので、ワイルドが『サロメ』を音楽作品として意識していたことが窺《うかが》われる。

ワイルドは『サロメ』のフランス語の監修をフランスの詩人ピエール・ルイス（一八七〇～一九二五）に依頼し、初版を彼に捧《ささ》げているが、明らかな文法ミスの指摘は受け入れて訂正したものの、ルイスが提案してきた「フランス語らしくない表現」の変更案を採用しなかった。また、草稿ではenfinという語を多用しすぎており、ワイルドの友人でフランス語に堪能《たんのう》なスチュアート・メリルがかなり削除したが、それでもまだかなり残っている。これらのことから、ワイルドには、フランス人のように流暢《りゅうちょう》なフランス語で書こうという意思がなかったことが窺える。むしろ、外国人がフランス語を用いるときのある種の違和感を武器に変えて、そこから音にこだわる新たな作品を生み出そうという思いがあったようだ。先ほど言及した新聞のインタビューに応《こた》えて、ワイルドはこうも語っている。

もちろんフランスの文学者なら用いないような表現がここにはあるでしょう。でも、それが戯曲にある種の陰影をつけ、色をつけるんです。メーテルリンクが生み出した不思議な効果の多くは、人種としてはフラマン人の彼が外国語で書いたことに由来しています。英語で書いたけれど気質としてはラテンであるロセッティについても同じことが言えます。

パリ第十大学のエミリー・イールズ教授はワイルドのフランス語の草稿と最終原

稿の違いについて詳細な研究を行い、ヨカナーンと話をしてみたいというサロメに対して「それは無理かと存じます」と答える第一の兵士の台詞《せりふ》が、草稿では J'ai peur que c'est impossible となっていて接続法が使えていなかった（最終原稿では J'ai peur que ce soit impossible と正されている）という逸話を紹介し、ワイルドのフランス語のレベルが決して高いものではなく、フランス人が書くフランス語とは違う、ある種の新しい表現を創り出しているとして次のように論じている。

> ワイルドにとってフランス語で書くことは、禁忌《タブー》を描き、かつ音楽に匹敵する審美的な言葉を作り出すという、ワイルドの二重の課題を満たすものであった。それゆえワイルドは、ペイターの「すべての芸術は常に音楽の状態に憧《あこが》れる」（Pater,〔*Selected Writings of Walter Pater*, ed. Harold Bloom（New York: Columbia University Press, 1974),〕55）という審美論の主眼に同意して、異国の言葉を、意味より先に音を喚起する音符であるかのように用いたのである。フランス語を用いることで、ワイルドは新たな音楽的言語を発明し得たのであり、それは彼が「芸術家としての批評家」で述べている審美論――「〔音楽こそ〕芸術の完全な種類だ。音楽は決してその究極の秘密を明らかにすることはない」（〔*The*

Complete〕*Works*〔*of Oscar Wilde*（New York: Harper and Row, 1989）〕, 1031）――に合致する。ワイルドは、その達成を「リフレインが何度も同じモチーフを繰り返すことによって『サロメ』を一つの音楽作品のようにし、バラッドとしてまとめている」点にあると自ら評価している（*Letters*, 740）。まるで自分の作品からシュトラウスのオペラが生まれるのを予測するかのように、ワイルドは『サロメ』を一編の交響詩、月に照らされた、異端と近親相姦《そうかん》的欲望の悪夢のような夜想曲に仕立てたのである（Emily Eells, 'Wilde's French *Salomé*', *Studies in the Theatre of Oscar Wilde, Cahiers victoriens et édouardiens*, N°72 (octobre 2010): 115–30.傍点は引用者）。

「意味より先に音」が重要になるのは、詩の言葉で劇を書いたシェイクスピアも同じであるが、ワイルドはシェイクスピアを凌駕《りょうが》したいという野望を果たすために、あえてフランス語を用いたのかもしれない。彼は、フランスの作家・美術評論家のエドモン・ド・ゴンクールに宛てた一八九一年十二月十七日付の手紙（*Letters*, 505）で、次のようにフランス語で書いている。

ある言語を、じょうずに話せなくても愛することはできます。よく知らない女性を愛するように。心情はフランス人である私は、民族としてはアイルランド人です。イギリス人によってシェイクスピアの言葉を話すように強いられていますが。

そして、ワイルドは、『サロメ』をフランス語で書くことによって、シェイクスピアの言葉では成しえない、以下のような詩的効果を生み出すことに成功したのである。

揺れるヨカナーン

フランス人だったらそうは書かないが、ワイルドだからそう書いたという特徴的なフランス語の用法がある。

フランス語には二人称が二種類あり、懇意でない相手には改まった vous（あなた）を用いて動詞もそれに伴う活用をし（ヴーヴォワイエ）、親しい間柄になったら tu（君、おまえ、汝《なんじ》）を用いてそれに伴う動詞の活用（チュトワイエ）に切り替え、同じ相手に対してこの二つの語法を交ぜて使ったりしないのが通常の語法なのだが、ワイルドはあえてこの二つの語法を状況に応じて使い分けているのである。「改まった／親しい」という単純な区分けではなく、ヴーヴォワイエは相手に対して距離を置く語法であり、チュトワイエはその距離感を失う語法なので、後者は時にぞんざいな口調だったり、時に相手と心理的に近い口調だったりする。『サロメ』に於《お》けるヴーヴォワイエとチュトワイエの使い分けを読み解くにはかなり繊細な判断力が必要となるので、ピーター・ブルックとともに活躍したフランス人女優クリスティアン・コルテさんにフランス語のテクストを一緒に読んでいただいて、彼女から教わりながら原文の意味を確認する作業を行った。以下の解釈は、コルテさんの判断を仰ぎながら得たものであることをお断りしておきたい。

まずはヨカナーンの変化である。

自分を見つめるサロメの存在に気付いたヨカナーンは、「私が話したいのは、この者ではない」とサロメを相手にするつもりがないことを言うが、サロメが「私はサロメ、エロディアの娘、ユダヤの王女」と言いつつ近づいてくると、エロディアを嫌悪するヨカナーンは思わず「下がれ！　バビロンの娘よ！」と叫び、「主《しゅ》に選ばれし者に近づいてはなりません」と言う。

この「近づいてはなりません」の原語はN'approchez pas（近づかないでください）

というヴーヴォワイエなのだが、すぐ次の台詞は「汝の母は」（Ta mère）とチュトワイエに変わっている。コルテさんはこの箇所だけを読んだとき「ミスだろう」と感じたが、このあともヴーヴォワイエからチュトワイエへの変化が重要なポイントで繰り返されるのを確認すると、この変化が意図的になされているのはまちがいないと言う。ヨカナーンが聖者としての自分を維持しているときはヴーヴォワイエを用いているが、狼狽《ろうばい》したり心が乱れていたりするときにチュトワイエに変わっているのではないかというのが彼女の意見である。

今言及した「汝の母」とは、ヨカナーンが「娼婦《しょうふ》」として軽蔑《けいべつ》する王妃エロディアのことであるが、彼女への軽蔑の思いが「あなたの母」という丁寧な言葉遣《づか》いを妨げたと考えられる。そのあとサロメが「もっと話して」と求めると、ヨカナーンは聖書の中で聖者が教えを垂れる際の「〜しなさい」という言葉遣い（たとえば「立って、平野へ出て行きなさい」「エゼキエル書」3章22節、「求めなさい。そうすれば、与えられる」「マタイによる福音書」7章7節など）と同じ言葉遣いで次のように命じる。

近づいてはなりません、ソドムの娘よ。その顔をヴェールで隠し、頭から灰をかぶって、人の子を捜しに砂漠へ行きなさい。

ここにある四つの動詞は、「近づかないでください」「隠しなさい」「かぶりなさい」そして「行きなさい」と、いずれも丁寧な表現である。この言葉遣いは、サロメに丁寧に教えを垂れると同時に、その丁寧さによってヨカナーン自身が彼女から距離を置こうとするものであることに留意する必要がある。

ヨカナーンはサロメが近づいてくると思わず「下がれ！（Arrière!）」という語を発するが、その一方で冷静な自分を保って、丁寧な言葉遣いで彼女を自分の意識から遠ざけているのである。サロメに「人の子（イエス）を捜しに砂漠へ行きなさい」と忠告するとき、ヨカナーンにとってサロメはイエスに救われるべき人間であって、選ばれた者である自分に近づかないかぎり、彼が気にすべき相手ではないのだ。こうしてヨカナーンの意識はサロメから離れ、その心は天使へと向かい、彼は天に向かって問いかける。銀の衣《ころも》を纏《まと》って死すべきエロドの死ぬ日は今日ではないとわかっているのに、いったいこの宮殿で神の剣《つるぎ》の犠牲となるのは誰なのか、と。そのときあたかも、自らの問いへの答えのように「ヨカナーン！」という声が聞こえ、彼は驚く。

サロメ　ヨカナーン！

ヨカナーン　誰の声だ？（Qui parle?）

これまで何度もサロメが「ヨカナーン」と呼びかけてきたにも拘《かか》わらず、ここでヨカナーンにその声の主《ぬし》がわからないのは、この時点まではサロメの存在は彼の心に入り込まなかったからだと解釈するよりほかない。

ところが、ここからドラマは新たな展開に入る。これまで彼が遠ざけていた娘が愛の告白をしながら近づいてきて、しかもヨカナーンはそれを遮《さえぎ》ることなく、しばらく聴いてしまうのだ。これまでとちがって、ヨカナーンがサロメの女としての官能性を意識し始めたことは、「この世に悪が入り込んだは、女ゆえ」と言い出すことからもわかるだろう。自分の中に誘惑に屈しかねない弱さがあることを自覚するからこそ、自らの弱さを隠すため、女を「悪」と決めつけて遠ざけようとする宗教者の常套《じょうとう》である（仏教の女人禁制も同じ）。そして、「私に話しかけてはなりません」と丁寧な言葉遣い（ヴーヴォワイエ）で言いながらも、同時に「聞きたくない、おまえの声など」と、サロメをぞんざいな「おまえ」（te）で呼び始め、乱れた心を曝《さら》し始めてしまう。

サロメが彼の体に触れようと近づくとき、ヨカナーンは「私に触れてはなりません」と距離を置いた言い方をするが、「私が聞くのは主なる神の御言葉《み》のみ」と言う舌の根も乾かぬうち、前の一・五倍のサロメの長台詞《ながぜりふ》に耳を傾けてしまう。サロメが彼の髪に触れようと近づくと、ヨカナーンは、今度は自分を神殿に譬《たと》えて身を守ろうとするものの、前のさらに一・六倍の長さの長台詞に耳を傾けてしまう。その挙句、サロメが「キスさせて、おまえの口に」と近づいてくるとき、ヨカナーンはもはや、「だめだ」と繰り返すことしかできなくなっている。

ヨカナーンは懸命にサロメを拒絶するが、それは、そうしないと自分を失う危険を感じたからではないだろうか。サロメは「おまえの口にキスするわ、ヨカナーン。おまえの口にキスするわ」と言って、さらにヨカナーンに近づこうとする。このとき必死になって止めに入った若いシリア人ナラボが自害してしまうのは、聖者であるはずのヨカナーンが一人の男になり下がり、サロメの誘惑に屈してしまうかもしれないと、少なくともナラボには感じられたからではないだろうか。

ナラボが死んだにも拘《かか》わらず、「キスさせて、おまえの口に」と迫ってくるサロメに、ヨカナーンは再び丁寧な言葉遣いでイエスのもとに行くよう教え諭すが、サロメが執拗《しつよう》に「おまえの口にキスするわ」と言うとき、彼はサロメと同じチュトワイエを使いだす。そして、貯水槽へ逃げ込みながら（これまでは「バビロンの娘」や「ソドムの娘」と呼んでいたのに）初めて「サロメ」と呼びかけてしまう。

見たくはない、おまえなど。見るものか、おまえなど。おまえは呪われている、サロメ。おまえは呪われている。（ヨカナーンは貯水槽の中へ下りていく。）

Je ne veux pas te regarder. Je ne te regarderai pas. Tu es maudite, Salomé, tu es maudite. [*Il descend dans la citerne.*]

このチュトワイエは、ヨカナーンの心がすっかり乱れてしまったことを示している。のちにサロメが語るように、このときヨカナーンは手で顔を覆い隠して彼女を見ないようにしているはずであり、サロメを見てしまったら、彼女に惹《ひ》かれる危険を感じたからそうしたのだろう。サロメにしてみても、ヨカナーンが一貫して聖者としての毅《き》然《ぜん》たる態度を崩すことがなければ彼の首を求めはしなかったのではないか。自分を女として意識し、その官能性に危険を感じ、激しく動揺しながらも、あえて彼女を否定した美しい男だからこそ、彼女は彼を求めたのではないだろうか。

ワイルドがフランス語の特性を用いて行った劇的仕掛け

エロディアの小姓は若いシリア人ナラボに常に丁寧なヴーヴォワイエを用いて話しかけている。愛し合っているのなら親しいチュトワイエを遣《つか》ってもよさそうなものなのに、そうなっていないのは彼に受け入れてもらえていないという意識があるからであろう。確かに彼の心はサロメに向かっている。「見ちゃだめだ。見つめすぎだ」ではなく、「見つめてはなりません。見つめすぎです」と丁寧な言葉遣いになってしまうところに小姓の悲哀がある。

エロド王も、王妃やサロメに対して基本的に丁寧なヴーヴォワイエを用いているのだが、ヨカナーンと同様に、エロド王の言葉遣いにもヴーヴォワイエからチュトワイエへの変化が見られる。

最初にエロド王がチュトワイエを用いるのは、王妃から「あなたたなんて、おじいさまが駱駝《らくだ》の番人だったじゃありませんか!」という途方もない侮辱を受けて思わず「嘘をつけ!」と叫ぶときであり、その感情が高ぶった状態のまま、サロメに「サロメ、ここへ来て隣に座れ」と話しかけるときもチュトワイエになっている。

思わず昂奮《こうふん》したとき、あるいは落ち着きを失ったとき、王はチュトワイエを始めると、ひとまず確認することができるだろう。次に変化が起こるのは、踊ってくれるなら何でもやるという王の約束を聞いたサロメが立ち上がり、踊る気を見せ始めたときである。

「お誓いになりましたね、王様」「誓ったぞ、サロメ」というやりとりがあって、王はすっかり期待に胸を膨らませ、チュトワイエを用いて「おまえが女王となったら、さぞかし美しかろうなあ、サロメ、おまえがわが王国の半分を求める気になってくれたなら」と昂奮状態で語る。サロメが自分にその肉体を曝《さら》け出してくれそうだという期待から自制心を失ってしまうのかもしれない。しかし、そうした劣情に酔い痴《し》れる瞬間、天使の翼が羽ばたき、王は寒さを感じたかと思うと王冠が焼けるように感じ、ひどく取り乱すことになる。あたかも、瀆神《とくしん》の忌《い》まわしき罪に浸《ひた》った瞬間に、それを戒められるかのように。この王の錯乱状態は、この劇に於《お》ける一つの重要なモメントを形成していると言えよう。このように、重要なモメントの直前に王がチュトワイエを用いて昂奮状態に陥るパターンがあと二回繰り返される。

一つは、サロメがヨカナーンの首を求めて何度も繰り返すことになる台詞を最初に言う決定的瞬間の直前である。「ここへおいで、サロメ！　ここへおいで。そなたに報酬を与えよう」まではヴーヴォワイエをしていた王は、チュトワイエに変わって、「おまえには、たっぷり褒美をやろう。望みのものを何でもやる。何が望みだ？　言え」と言う。自分の思いどおりにサロメが踊ってくれたことに喜悦して昂奮するあまり、サロメへの二人称が「そなた」から「おまえ」に変わるとき、ひょっとすると王はサロメに欲情しているのかもしれない。コルテさんは「王は、サロメを抱けると期待している」と推測する。そのあと「銀の大皿に載せて」という表現に思わず笑ってしまった王は再びヴーヴォワイエに戻って王の威厳を取り戻すものの、「ヨカナーンの首」と言われると、それまでの昂奮状態がすっかり醒《さ》めて、驚愕《きょうがく》と狼狽《ろうばい》へと、百八十度の展開を見せることになる。

最後にチュトワイエが劇的に用いられるのは、ついに王がヨカナーンの首を与える決断をする直前である。王はさまざまな宝を次から次に並べ立て、いかにすばらしい財宝を自分が所有しているかを自慢し、それをサロメのためにすべて、何もかも手放そうという態度を示すことで再び昂奮状態に陥る。

さあさあ、サロメ、何が欲しいんだ？　欲しいものを言え。そしたら、それをおまえにやろう。おまえが欲しがるものは何もかもやる、たった一つを除いてな。俺の持っているものは何もかもやる、一つの命を除いてな。大祭司のマントだってくれてやる。祭壇のヴェールだってくれてやる。

ドラマの流れから言って、この盛り上がりが極めて重要な意味を持つことはまちがいない。単に王が宝物を列挙し、それでもサロメがヨカナーンの首を求めるから王が折れたという単純なドラマではないのだ。エメラルドや白孔雀《くじゃく》に続いてさまざまな宝物が列挙された挙句に、最後に王自身が激しい昂奮状態に陥り、ユダヤ人たちも驚くほど何もかも擲《なげう》とうという極限まで盛り上がったところで、サロメが「ヨカナーンの首をくれ」と言ってその昂奮を叩《たた》き潰《つぶ》すからこそ、王はついに崩れ落ちるのである。

このように、ドラマの変化が起こる各節目がチュトワイエによって示されていることを考えると、この作品をワイルドがフランス語で書きたかった理由の一端が理解できるのではないだろうか。

ワイルドがフランス語の特性を用いて行ったさらなる劇的仕掛け

ステファヌ・マラルメは、フランス語の『サロメ』を次のように称賛した。

あなたのサロメでは、すべてが眩《まばゆ》いばかりの繰り返される表現法で描《えが》かれているのがすばらしいと思います。しかも、どのページからも、言葉にできない夢のような世界が立ち上っているのです。

（一八九三年三月付のマラルメの手紙）

この「言葉にできない夢のような世界」という描写はかなり核心を衝《つ》く言葉に思える。イールズ教授は表現上の意図的な曖昧《あいまい》さを重視し、特に on dirait（「さながら……のようだ」と訳せる）という曖昧な表現の繰り返しによって多義性が強調されていると論じる。男性か女性か単数か複数かを明確にしない on という代名詞に dire（言う）の条件法を加えたこの表現によって、この代名詞の背後の声が誰のものか特定されず、言葉は夢の中のように浮遊し、発話者あるいは発話そのものにもつながれていない印象を与えると論じる教授は、冒頭の次の表現が劇全体の基調を定めていると指摘する。

La lune a l'air très étrange. On dirait une femme qui sort d'un tombeau. Elle ressemble à une femme morte. On dirait qu'elle cherche des morts.（月がとても不思議な様子をしている。墓から出てきた女さながら。まるで死んだ女のよう。あたかも

死人《しびと》を探すよう。）

なお、ワイルドの愛人ダグラス卿《きょう》による英訳版（後述）では、発話内容が発話者の意見のようになってしまい、この特質が失われていると教授は言う。

この戯曲には三種の草稿があり、最初の草稿（二〇〇八年フランス大学出版局刊行の『サロメ』所収）では、誰が話しているかを記すことさえせず、話者表示のない台詞《せりふ》のみがハーモニーと不協和音の多声音楽として書かれている。この事実は発話内容が発話者から浮遊するという教授の説を裏書きする。二番目の草稿では話者表示が附され、最後の三番目の草稿には、ワイルドの筆跡のほか、訂正を加えたスチュアート・メリル、象徴主義詩人アドロフ・ルテ、戯曲が献呈されたピエール・ルイスの筆跡がある。

最も重要なのは、フランス語ではサロメも月も elle（彼女）という女性代名詞で示されることを利用して、のっけからワイルドが仕掛けた重要なトリックがあることだ。冒頭でエロディアの小姓が「月がとても不思議な様子をしている」と言った直後、若いシリア人ナラボは「月」を女性代名詞に変えるだけで、全く同じ表現を繰り返しており、それが月のことを言っているのかサロメのことを言っているのか判然とせず、わざと観客を混乱させる表現となっているのである。

多くの先行訳は、これを、小姓に同意して「確かに（月は）異様だな」と言っている台詞と解釈しているようだが、日夏耿之介訳では「公主《ひめ》さまはほんに不思議に見ゆるなう」とし、楠山正雄《くすやままさお》訳でも「あの方こそいかにも変な様子に見える」として、「王女が異様だ」と述べている台詞と解釈している。どちらが正しいかという問題ではない。どちらかの意味を翻訳者が選び取ってはいけないのである。というのも、重要なのは、ワイルドがあえて女性代名詞を用いて、それが月を指すのかサロメを指すのか曖昧にすることで、観客や読者の中で不吉な月と美しいサロメが重なる仕掛けをしているからである。

次に注目すべき点は、複数の研究者が指摘するとおり、サロメがヨカナーンを欲して彼を描写するとき、女性名詞が続出する点である。サロメは彼の体の女性的属性へ呼びかけているのであり、そこにホモ・エロティシズムが感じられるとイール ズ教授は指摘する。サロメの言葉に女性名詞の原語を挿入して示してみよう。


なんて痩《や》せているのかしら！　まるで細い象牙《ぞうげ》の像（une mince image d'ivoire）みたい。銀の像（une image d'argent）さながら。きっと純潔なんだわ、お月様

(la lune) みたいに。

「月」は何度もサロメと重ねられてきたイメージであり、ここでヨカナーンを「お月様みたい」に「純潔なんだわ」と言うのは、月と同じく純潔だった自分と彼を同一視するに等しい。再び女性名詞の原語を挿入して、サロメの言葉をさらに示す。

その口 (bouche) なのよ、私が惚《ほ》れたのは、ヨカナーン。おまえの口は、象牙の塔 (une tour) に刻まれた真っ赤な帯 (une bande) のよう。象牙のナイフで切った柘榴《ざくろ》の実 (une pomme de grenade) のよう。

ヨカナーンの身体の女性的属性――それは、やはり女性名詞で表現される「美」(la beauté) と無縁ではない――にサロメは惹《ひ》かれている。ここにホモ・エロティシズムがあるとすれば、それは、いわばジェンダーを超えて美と美が惹き合う力と考えてもよいかもしれない。この劇で重要な点は、サロメと同様に、ヨカナーンも美しいということであり、その美にサロメは惹きつけられるのだ。サロメはヨカナーンにこう語りかける。

誰なの、人の子って？　その人も、おまえのように美しいの、ヨカナーン？

そして彼の首を手にしたときも、次のように言う。

おまえは美しかった。〔……〕私は、おまえの美しさに渇《かわ》いている。おまえの体に飢えている。

サロメは、彼女に惚れている美しく若いシリア人ナラボを誘惑する際にも、同じ色香を発散する。彼女は彼をこう誘う。

あなたは私のためにやってくれるわ、ナラボ。そしたら明日《あした》、お輿《こし》に乗って、神様の像を売っている人たちのいる城門の下を通るとき、あなたに小さなお花を落としてあげる。小さな緑のお花を。

この「緑のお花」は、サロメとナラボとのあいだに男性同性愛があることを示す手がかりとなる。というのも、一八九二年二月二十日（土）の『レイディ・ウィンダミアの扇』初日、ワイルドはダンディなセシル・グレアム役の俳優に緑のカーネーションをつけさせ、自分の若い友人たち十数名にも緑のカーネーションをつけて劇場に来させ、自分もつけてカーテン・コールの挨拶《あいさつ》をしたという事件があったのだ。二年後、ワイルドとその愛人アルフレッド・ダグラス卿の関係をモデルにした『グリーン・カーネーション』という小説が匿名で刊行されて話題となったが、一八九五年にワイルドの同性愛が裁判で裁かれる事態になると、作者ロバート・ヒッチェンズは関わりを避けてこの本を引っ込めた。『サロメ』の初版はこの本が出る前年ではあるが、緑の花は男性同性愛を意味する記号となったのである。

　つまり、若く美しいサロメは、若く美しいナラボを、男性同性愛を以《もっ》て誘惑していることになる。ナラボは、エロド王が「美しい男だったからな。かなり美しかった」と惜しむほどの美男子であり、エロディアの小姓と同性愛関係にあった。ナラボが自害したとき小姓が言う「死んでしまった、mon ami が！」（38ページ）という台詞の mon ami は、この文脈では mon petit ami（恋人）に近いニュアンスを持つと判断して「僕のいい人」と訳した。英語では「友」（friend）という語に置き換わってしまい、そのニュアンスは失われている。

ナラボは「川面《かわも》に映る自分を見つめるのが好き」なナルシシストであり、ドリアン・グレイ的な美男子だった。そんな彼にサロメが緑の花をあげようと誘うとき、それはヘテロな性愛ではない、禁断の、極めて危険な恋であるがゆえに、そこにエロス(愛)とタナトス(死)との結合が生じるのではないだろうか。ナラボはサロメを恋するがゆえに血の中に倒れ、その血の中で踊るサロメに求められたヨカナーンも血を流す首と化す。その妖《あや》しくも危険な恋は、エロドのいやらしい劣情とは別の次元にあって、通常の社会通念では認められ得ない、否定されざるを得ない恋なのではないだろうか。

『サロメ』の音楽性

『サロメ』のフランス語は詩的であると同時にシンプルだ。その最大の特徴は、マラルメが「眩《まばゆ》いばかりの繰り返される表現法」と指摘したとおり、フレーズの定型化とその反復、繰り返しであり、異なる楽器が同じ旋律《フレーズ》を奏するように、異なる登場人物が同じ表現《フレーズ》を用いる音楽的構造がある。

先のイールズ教授の指摘にもあったが、ワイルド自身、『獄中記』に於《お》いて、「リフレインが何度も同じモチーフを繰り返すことによって『サロメ』を一つの音楽作品のようにし、バラッドとしてまとめている」と述べている（Ian Small, gen. ed., *The Complete Works of Oscar Wilde*, II: 172–3）。ここで、そのリフレインの具体例をいくつか確認しておこう。

前述の女性代名詞を主語とした（Elle）**a l'air**（très）**étrange**（不思議な様子だ）という表現の繰り返しのほか、主だったものだけでも、**Il ne faut pas la regarder**（彼女を見つめてはなりません）という表現は五回繰り返され、**Elle ressemble à**（au）（まるで……）は七回、**arriver un malheur**（禍《わざわい》が起こる）は九回、「彼女（ないしは月）を見る」を意味する**la regarder**（とその活用形）は十七回繰り返される。ほかにもかなりいろいろあるが、特筆すべきは次のやりとりだろう。

第一の兵士　王は、暗いご様子だ。
第二の兵士　ああ、暗いご様子だ。

このやりとりは劇中三回繰り返され、二回目には「暗いご様子だな、王は。暗いご様子ではないか？」と繰り返される。これらは単なる繰り返しではなく、一定のリズムがあり、旋律としての効果がある。たとえば次に引用する六行は基本的に弱強三歩格の六音節の台詞《せりふ》が続いており、四行目で五音節になり、最後の二行が四音節で終わるという音楽的フレーズ（メロディーの一区切り）を形成している。音節の数を並べて記すと、六―六―六―五―四―四である。

第一の兵士　王は、暗いご様子だ。（Le tétrarque a l'air sombre.）
第二の兵士　ああ、暗いご様子だ。（Oui, il a l'air sombre.）
第一の兵士　何かをじっと見ているな。（Il regarde quelque chose.）
第二の兵士　誰かをじっと見てるんだ。（Il regarde quelqu'un.）
第一の兵士　誰を見てるんだ？（Qui regarde-t-il?）
第二の兵士　わからない。（Je ne sais pas.）

このように、同じ表現を微妙に変化させつつ繰り返しながら特定のリズムを刻むことによって詩的なフレーズが構成されるということを理解するために、たとえば、あまりよい例ではないかもしれないが、宮沢賢治《みやざわけんじ》の詩「やまなし」の次の一節を参照してもよいかもしれない。

『クラムボンはわらったよ。』
『クラムボンはかぷかぷわらったよ。』
『クラムボンは跳ねてわらったよ。』
〔中略〕
『クラムボンはかぷかぷわらったよ。』
『それならなぜクラムボンはわらったの。』
『知らない。』

変化を伴った繰り返しの末に「知らない」という短い四音で終わるパターンは、同様の繰り返しの末に Je ne sais pas という四音で締めくくられる前述のパターンと類似する。ここに詩的な音楽性があることがおわかりいただけるだろうか。なお、「知らない」と訳すと、素っ気ない感じや幼い感じがしてこの場面にそぐわないので、不穏な空気が感じられるように「わからない」と訳した。

このように、この劇は音感に訴える詩的な作品となっており、リアリズムとは程遠い世界にある。冒頭の兵士らが交わす会話も決して日常語に堕すものではなく、これから展開する不思議なドラマを予感させる劇的機能が付与されている。

先ほど「基本的に弱強三歩格」と書いたが、単純に三拍のリズムと言い換えてもよい。この三拍のリズムは「とても不思議な様子だ」(Elle a l'air très étrange)、「踊ってはだめよ、サロメ」(Ne dansez pas, ma fille)、「キスさせて、おまえの口に」(Laisse-moi baiser ta bouche) など重要なリフレインを構成するリズムとなっている。

そしてまた、反復それ自体も三度が多い。『サロメ』では何もかも三度起こる。サロメのヨカナーンへの誘惑も、ヨカナーンの拒絶も、エロドがサロメに踊ってくれと頼むのも、褒美の提示もみな三度だ」(Yeeyon Im, "'A Seriousness that Fails': Reconsidering Symbolism in Oscar Wilde's *Salomé*', *Victorian Literature and Culture*, published online by Cambridge University Press, 13 February 2017) という指摘は誰にでもできそうだ (ただし、エロドは「私のために踊っておくれ」という言葉は九度繰り返している。三度頼むとは、一度頼んで断られ、「踊ってくれたら何でもやる」と言って再度頼み、その約束を守ることを誓ってもう一度頼むということを指す)。元ロンドン大学教授の故キャサリン・ワース先生は、サロメがヨカナーンへの呼びかけを三度行うのは、三面三体の姿をした魔術と冥界《めいかい》の女神へカテーのまじないの効力を表すと指摘する (Katherine Worth, *Oscar Wilde* (London: Macmillan, 1983), 60) が、作品全体に溢《あふ》れるリズムの一環として捉《とら》えることも重要だろう。

フローベール研究で知られる大鐘敦子《おおがねあつこ》教授は、『サロメ』に満ちている三度繰り返される反復のパターンを詳細に分析し、たとえばエロディアの――

「預言者なんて信じないわ」
「奇跡なんて信じないわ」
「前兆なんて信じないわ」

――もまったく同じ文型で三度繰り返されることを指摘し、そうした繰り返しによってクレッシェンドの効果があると論じている（「フロベールとワイルド――『ヘロディアス』と『サロメ』における文体とリズム」『慶應義塾大学日吉紀要　フランス語フランス文学』42（2006. 3）: 113–26）。

なるほどサロメの「ヨカナーンの首を求めます」（Je (vous) demande la tête d'Iokanaan.）という表現も三度繰り返され（ただし、最初は「銀の大皿に載せてヨカナーンの首を頂戴したい」という表現の中に入り込んでいるため、訳語は違う）、そのあと「ヨカナーンの首を」とスタッカートのように短くアクセントが入ったあと、今度は、「私にヨカナーンの首をください」（Donnez-moi la tête d'Iokanaan.）と表現が変わってやはり三度繰り返されている。ただし、三度目は「ください」という丁寧な表現ではなく、

「私にヨカナーンの首をくれ」(Donne-moi la tête d'Iokanaan.)

とチュトワイエに変化し、王の説得を叩《たた》き潰《つぶ》す決定打となる。

サロメの反復法をまとめてみると、ヨカナーンに対して、

「触らせて、おまえの体に」

「触らせて、おまえの髪に」

「キスさせて、おまえの口に」

と三度求めていくわけだが、それは白、黒、赤という色への言及に形を変え、白は四回、黒は五回、赤は八回と言及数が増えてクレッシェンドする点も大鐘教授は指摘する。同時に、前述したとおり、台詞の量も増えていく。そのあと――

「おまえの口にキスするわ」×3(ナラボ自害)

「キスさせて、おまえの口に」×3(ヨカナーンの最後の抵抗)

「おまえの口にキスするわ」×3(ヨカナーン、貯水槽へ退避)

と続き、最後にヨカナーンの首を手にしてからも、

「今こそその口にキスするわ」×3

と三度ずつ繰り返すのである。こうしてあたかもラベルの「ボレロ」の三拍子のように、執拗《しつよう》な繰り返しと、盛り上がりとが生まれてゆく。初版時に書評を書いたり

チャード・ル・ギャリエンヌが「これは音楽的に構成されているように思える。だんだんと発展していくところは、まさに音楽のテーマの発展だ」（*Letters*, 552）と記していたのは、こうした点を意識してのことではないだろうか。

フランス語で書いたのは英語を解さないサラ・ベルナールに演じてもらいたかったからだろうとか、検閲を逃れるためだろうという憶測もたった（Kerry Powell, *Oscar Wilde and the Theatre of the 1890s*（Cambridge: Cambridge University Press, 1990）, 35–49）が、この作品はどうしてもフランス語で書かれる必要があったと言うべきであろう。ワイルドはサラ・ベルナールを尊敬し、「サロメを演じられる人は、世界でただ一人、サラ・ベルナール、あの『古代ナイルの蛇』しかいない」とも述べてはいるが（Powell, 47）、この作品が彼女のために書かれたとした『タイムズ』紙に対して、「私は特定の男優ないし女優のために作品を書いたことはないし、これからもしない。それは職業作家の仕事であって、芸術家のやることではない」と書き送ったのも事実である（*Letters*, 559）。

ちなみに、一八九二年ロンドンで、サラ・ベルナール主演で始まった稽古《けいこ》は、聖書の人物を演じてはいけないという検閲にひっかかって三週間で中止され、公演は夢と消えた。結局、一八九六年にリュニェ・ポーによってパリ公演されたのが初演となる。このときワイルドは獄中にあった。ワイルドが愛人ダグラス卿《きょう》の父親に訴えられて、当時犯罪とされた男性同性愛で有罪判決を受けた経緯については、角川文庫『新訳　ドリアン・グレイの肖像』(二〇二四年秋発売予定)の訳者あとがきをお読みいただきたい。

一九〇二年にマックス・ラインハルトが演出したベルリン公演を見て大いに刺激を受けたリヒャルト・シュトラウスがオペラ『サロメ』を作り、大成功を収めたのは、一九〇五年のことである。

ワイルドの愛人ダグラス卿の英訳版とビアズリーの挿絵について

一八九四年にオーブリー・ビアズリーの挿絵付きでロンドンで刊行された、アルフレッド・ダグラス卿による英訳版についての問題点も記しておこう。英訳は、これまで述べてきたフランス語での表現や音楽性や仕掛けを無視し、言葉の意味だけを追っており、ワイルドはこの英訳を自分の作品と認めていない。アン・マーガレット・ダニエルは、その論考「翻訳で失われて」で次のように述べている。

ダグラスが一八九三年の夏に英語版『サロメ』をもってきたとき、ワイルドはすぐに、ダグラスのいい加減な、小学生レベルのフランス語に文句を言い、怒ったダグラスはあらゆる過失を原文のせいにした。彼とワイルドが、意見が合わずに訣別《けつべつ》しかけたとき、ワイルドの忠実な元愛人ロバート・ロスが――あとで後悔したことだろうが――その秋にふたりを仲直りさせた。ワイルドは英訳の誤りを直そうとしたが、そうするとダグラスは激怒し、出版社に九月、『自分の作品が変えられたり、編集されたりすることで、ただの下訳をする機械扱いされることには同意できませんので、この件から一切手を引かせていただきます』と書き送った。もちろんダグラスは手を引くことなどせず、ワイルドが英訳に手を入れるのを諦《あきら》めて『サロメ』を『この戯曲の翻訳家にして友人のアルフレッド・ブルース・ダグラス卿へ』捧《ささ》げるとすると、ついに満足した。ワイルドがレディング監獄で今日『獄中記』として知られるダグラスへの長い手紙を書いたとき、ワイルドはまだ『〔ダグラスの〕未遂の翻訳（attempted translation）の初歩的ミス』に苦々しい思いをしていたが、『君と翻訳を受け入れよう』と決心したときには、ほとんど諦めの溜《た》め息が聞こえてきそうだった。（Anne Margaret Daniel, 'Lost in Translation: Oscar, Bosie, and "Salome"', *The Princeton University Library Chronicle*, 68. 1–2（Winter 2007）: 60–70（60–

61）
ヘスケス・ピアソンに拠《よ》れば、ビアズリーはダグラス卿よりずっとよい英訳ができるから訳させてくれと申し出てきたが、ビアズリーの英訳を見たワイルドはダグラス卿訳のほうがましだと、これを却下したという。ちなみに、ワイルドはビアズリーの絵を「あまりに日本的だ、僕の劇はビザンティン風なのに」と嫌っていたが、ロバート・ロスがビアズリーに挿絵を依頼するようにワイルドを説得したという(Hesketh Pearson, *The Life of Oscar Wilde* (London: Methuen, 1946; Middlesex: Penguin Books, 1985), 229–30)。

結局、ビアズリーが一八九三年四月に美術雑誌『スタジオ』に、ワイルドの『サロメ』に寄せて単独の作品として「おまえの口にキスしたよ」（本書10ページ掲載）を発表すると、ワイルドと彼の出版者ジョン・レインはこれを気に入り、英訳版への挿絵をビアズリーに依頼することが決定した。ちなみに、この絵は「クライマックス」と改題のうえ描き直されている（本書85ページ掲載）。

ワイルドは同年五月に刊行された『サロメ』初版に、期待を籠《こ》めて「オーブリーのために。七つのヴェールの踊りが何かを知り、あの見えない踊りが見える私以外の唯一の芸術家のために」と書いて送った（*Letters*, 578）が、一八九四年にビアズリーの挿絵付きで英語版が出版されると、ワイルドは不満を抱くことになる。ビアズリーの描いた「月の中の女」や「エロドの目」にあるぽっちゃりした顔、そして「エロディア登場」の右下にいる案内役の顔は明らかにワイルドの顔の戯画であるし、エロディアはワイルドの母スペランザの戯画になっていたからだ。

ダグラス卿の誤訳のうち、「鏡以外は見つめてはならぬのだ」を「鏡は見つめてはならぬのだ」と逆の意味にする致命的なものについてはワイルドも訂正することができたが、ダグラス卿の不機嫌を前にしてワイルドが途中で訂正を諦めたことは、以下の誤りがまだ残っていることからもわかる。すなわち、エロディアの「あなたなんて、おじいさまが駱駝《らくだ》の番人だったじゃありませんか！」の「おじいさま」(grand-père) が「お父さん」(father) となっており、「無花果《いちじく》の青き実」(les figues vertes) が「熟した無花果」(ripe figs) となったままなのだ。さらに、エロドの「物の道理をわきまえねばならぬ。そうであろう？　物の道理をわきまえる必要があろう？」といった繰り返しが数か所で無視されている。サロメの重要な台詞《せりふ》「見つめるべきは、愛だけよ」も抜けており、これは一九〇六年にロスが訂正した。ほかにも、ワイルドがあえて同じ表現を繰り返しているのに、英訳では表現に揺れがあり、リフレインの効果が薄れている箇所が多数ある。

聖書の物語

ここでサロメの物語の原典について触れておきたい。なお、ここまではHerodはエロド、Herodiasはエロディアとフランス語読みで通してきたが、聖書については新共同訳の表記に従って「ヘロデ」「ヘロディア」とし、英語で書かれた文献の場合も英語読みで言及することをお断りしておく。

サロメの物語は、『新約聖書』の「マルコによる福音書」6章17－29節にある次の話がもとになっている。

ヘロデは、自分の兄弟フィリポの妻ヘロディアと結婚しており、そのことで人をやってヨハネを捕らえさせ、牢《ろう》につないでいた。ヨハネが、「自分の兄弟の妻と結婚することは、律法で許されていない」とヘロデに言ったからである。そこで、ヘロディアはヨハネを恨み、彼を殺そうと思っていたが、できないでいた。なぜなら、ヘロデが、ヨハネは正しい聖なる人であることを知って、彼を恐れ、保護し、また、その教えを聞いて非常に当惑しながらも、なお喜んで耳を傾けていたからである。ところが、良い機会が訪れた。ヘロデが、自分の誕生日の祝いに高官や将校、ガリラヤの有力者などを招いて宴会を催すと、ヘロディアの娘が入って来て踊りをおどり、ヘロデとその客を喜ばせた。そこで、王は少女に、「欲しいものがあれば何でも言いなさい。お前にやろう」と言い、更に、「お前が願うなら、この国の半分でもやろう」と固く誓ったのである。少女が座を外して、母親に、「何を願いましょうか」と言うと、母親は、「洗礼者ヨハネの首を」と言った。早速、少女は大急ぎで王のところに行き、「今すぐに洗礼者ヨハネの首を盆に載せて、いただきとうございます」と願った。王は非常に心を痛めたが、誓ったことではあるし、また客の手前、少女の願いを退けたくなかった。そこで、王は衛兵を遣《つか》わし、ヨハネの首を持って来るようにと命じた。衛兵は出て行き、牢の中でヨハネの首をはね、盆に載せて持って来て少女に渡し、少女はそれを母親に渡した。ヨハネの弟子たちはこのことを聞き、やって来て、遺体を引き取り、墓に納めた。（新共同訳）

同じ話は「マタイによる福音書」14章1－12節にもあり、ヘロディアの娘はそこでも名前を与えられていないが、一世紀末のフラウィウス・ヨセフス著『ユダヤ古代誌』に「ヘロディアは娘サロメを連れて、夫の存命中に離婚し、夫の異母兄弟でガリラヤの四分封《ぶんぽう》領主ヘロデ・アンティパスと結婚した」旨の記載があるため、ヨハネの首を求めた娘をサロメと呼ぶのが慣例となっている。

ちなみに、この劇に登場するヘロデとは、救世主イエス・キリストの誕生を知って恐れのあまり幼児虐殺を行ったヘロデ大王ではなく、その息子のヘロデ・アンティパスであり、大王没後四分割された領地を治めた四分封王（テトラルク）である。

また、ヨカナーンことヨハネは、西暦二八年頃イエスに洗礼を施した預言者であり、福音書を遺《のこ》したイエスの使徒ヨハネと区別して、洗礼者ヨハネ（バプティスマのヨハネ）と呼ばれる。劇中の彼の言葉や描写の多くは聖書から採られている――「わたしよりも優れた方が、後から来られる。わたしは、かがんでその方の履物のひもを解く値打ちもない」（「マルコによる福音書」1章7節）、「ヨハネは、らくだの毛皮を着、腰に革の帯を締め、いなごと野蜜《のみつ》を食べ物としていた」（「マタイによる福音書」3章4節）、「エドムから来るのは誰か。ボツラから赤い衣《ころも》をまとって来るのは」（「イザヤ書」63章1節）などがその例であり、さらに「イザヤ書」11章5～8節、14章29節、35章1～5節、40章3節、「エゼキエル書」23章1～17節、「ヨハネの黙示録」6章12〜13節、17章3〜6節ほか、多くの言及がある。

ワイルドが洗礼者ヨハネの名をヘブライ語読みの「ヨカナーン」にしたのは、フローベールの小説「エロディア（*Hérodias*）」（一八七七年刊行の『三つの物語』所収）でヨカナーンとなっていたのを踏襲したのかもしれない。というのも、ワイルドがサロメのモチーフを考え始めたのは、オックスフォード大学在学中の一八七七年（ワイルド二十三歳）に、師のウォルター・ペイターからフローベールの「エロディア」を紹介されたときだからである。

ワイルドは、ビアズリーの絵を嫌ったときに「僕のエロドはギュスターヴ・モローのヘロデみたいに、宝石と悲しみに包まれているんだ。僕のサロメは神秘主義者でサラムボーの妹だ。月を崇拝する聖女テレーズだ」（Jean-Paul Raymond and Charles Ricketts, *Oscar Wilde: Recollections*（1932; London: Pallas Athenes, 2011), 51）と言ったと伝えられており、フローベールが『サラムボー』（一八六二）で描《えが》いたファム・ファタールがワイルドの念頭にあったことがわかる。

ワイルドがフローベールから多大な影響を受けたことはまちがいなく、特に文学史上初めてサロメの踊りの描写をしたフローベールの「エロディア」の存在は大きい。「エロディア」には、ヨカナーンを閉じ込めてある貯水槽に至るまで、ワイルドが継承した設定がほぼそのままある。大きな違いは、妃《きさき》が王を夢中にさせるために、若かりし頃の自分を彷彿《ほうふつ》とさせる娘を呼び出して、踊りを踊らせ、その褒美にヨカナーンの首を求めさせるという展開である。

両作品のつながりを詳細に分析する大鐘敦子教授は、『サロメ』にある「3」のリズムもフローベールの「エロディア」からの影響であると指摘する（Atsuko Ogane, 'Parcours du mythe d'Hérodias : Ysengrimus, Atta Troll, Trois contes, Salomé', *Romantisme* 154（2011）: 149–160（150））。

ただし、フローベールの描く子供っぽいサロメは、ヨカナーンの名前を思い出せぬほど、何も考えずに母親の言いなりになる娘であり、そこには何の欲望もエロティシズムもないこともまた事実である。

サロメ表象の変遷

工藤庸子氏は、ワイルドは「はじめ『サロメの斬首』（*La Décapitation de Salomé*）というタイトルを考えていた」として、「サロメとヨカナンは、ここで交換可能な表象となる」と論じる大変興味深い考察をしている（『サロメ誕生――フローベール／ワイルド』（新書館、二〇〇一）三〇～三二ページ）。ただし、サロメの生首の伝承物語では、サロメの首は事故によって落ちるのであり、本作品のようにサロメが誰かに殺されるという結末は新しい。ここでサロメの表象の変遷を辿っておくことにしよう。

聖書では、踊りの褒美に母親の言うとおりヨカナーンの首を求める少女には名がなかったが、ティツィアーノ、クラーナハ、カラヴァッジオらに描かれたときはサロメの名を与えられた。それでもまだ母親のもとへ首を運ぶ少女でしかなかったが、やがてサロメは、自らの欲望によってヨカナーンの首を求め、血の中で踊り、血のキスを求める妖艶《ようえん》なファム・ファタールとして表象されていくことになる。

まず、王妃がヨハネの首を求めたのは彼を愛していたがゆえであり、その斬られた首にキスをするのは王妃ヘロディアス……と想像したのはハインリヒ・ハイネだった。愛するがゆえに首を求め、斬られた首を見て泣き、絶望し、発狂するヘロディアスを歌ったハイネの詩『アッタ・トロル』（執筆一八四一、初版一八四三、仏訳一八四七）は、

洗礼者ヨハネの首を持つサロメ
ティツィアーノ　1515年頃／
ドーリア・パンフィーリ美術館所蔵

サロメ伝説の変貌《へんぼう》の最初のステップだった。ハイネは歌う――

彼女が両手で常に掻《か》き抱くは
あの悲しき大皿、その上には洗礼者
ヨハネの首。それに彼女は口づけする。
そう、その首に熱烈な口づけを。

というのも、愛していたのだ、洗礼者を――。
聖書には書かれていないことだけれど、
ヘロディアスの血塗られた愛の伝説は今も確かに存在する――。
でなければ、説明がつけられない
この女性の奇妙な切望の――。
愛してもいない男の首など

洗礼者ヨハネの首を持つサロメ
ルーカス・クラーナハ　1530年頃／
ブダペスト国立西洋美術館所蔵

欲しがる女がいるものか？

これを高く評価するマリオ・プラーツは、世紀末文学を読み解く古典的名著『ロマン主義文学に於ける肉体と死と悪魔』（*La carne, la morte e il diavolo nella letteratura romantica*, 1930, 邦訳『肉体と死と悪魔――ロマンティック・アゴニー』倉智恒夫ほか訳（国書刊行会、一九八六、新装版二〇〇〇）で、この影響がフランスに広がったことを指摘する。プラーツは、ワイルドに至るまでのサロメの表象を実に丁寧に解説しているので、詳細はプラーツを参照していただくことにして、ここではごく簡潔に要点だけをまとめておくことにしたい。

ステファヌ・マラルメは、一八六四年以降、サロメをモチーフに詩作を試みる

洗礼者ヨハネの首を持つサロメ
カラヴァッジオ　1609年頃／マドリード王宮蔵

が、その名を音の響きからあえてエロディアード（Hérodiade）とし、非肉感的な純然たる芸術の象徴とも言うべきナルシストの処女エロディアードを歌った。このマラルメの未完の作品の存在も、彼と親交の深かったワイルドは強く意識していただろう。

流れを変えたのは、一八七六年のサロンに出品された『出現』や『ヘロデ王の前で踊るサロメ』などのギュスターヴ・モローのサロメ連作だった。モローは妖艶なエロティシズムと圧倒的幻想性を以《もっ》て、ヨカナーンの首を自らの思いの中に支配する魔性の女を出現させた。

これに強烈な影響を受けたのがジョリス＝カルル・ユイスマンスであり、その小説『さかしま』（一八八四）では『出現』を描写しつつ、退廃的耽美《たんび》主義の魅力を備えた危険なファム・ファタールが言語化された。ワイルドの小説『ドリアン・グレイの肖像』（一八九一）第十章で言及される、主人公を堕落へと導くフランス象徴主義の技巧の粋を凝らした「毒を孕《はら》んだ本」が、名前を伏せられてはいるものの、ユイスマンスの『さかしま』を想定していることは、一八九五年の公判時にワイルド自身が認めている（Richard Ellmann, *Oscar Wilde* (New York: Vintage Books, 1988), 316)。

フローベールの「エロディアア」をもとに作られたジュール・マスネによるオペラ

出現
ギュスターヴ・モロー　1876年／オルセー美術館所蔵

『エロディアード』（一八八一）も、ワイルドは観ていると思われる。このオペラでは、自分がエロディアードの娘であることを知らぬサロメは、ユダヤ王エロドの命令によって踊るが、愛する預言者ジャン（ヨカナーン）を救おうとしており、間に合わずに預言者が首を斬られると、逆上して母親エロディアードを刺そうとする。そこで初めてエロディアードは娘に自分が母親なのだと告げ、サロメを絶望させる。ワイルドは、この「母親が娘に自分が母親であることを隠していた」というモチーフを喜劇『レイディ・ウィンダミアの扇』（一八九二）で利用している。

ジュール・ラフォルグの『伝説的教訓劇』（一八八七）では、サロメは踊る代わりに虚無や無意識についての賛歌を歌い、ヨカナーンの首に電気ショックを与えて渋面を作らせるといったパロディ的な展開を見せるが、このあたりまでくるとワイルドのサロメとは何の関係もないと言うべきだろう。

ここで、プラーツが取り上げていない、しかしワイルドを刺激した作品として、アメリカ人作家ジョゼフ・コンヴァース・ヘイウッドの劇詩『ヘロディアスの娘サロメ』(*Salome, the Daughter of Herodias. A Dramatic Poem*) について触れておきたい。この劇は、ヨハネの首を求めた王妃が東洋風の月が輝く夜に何度も「キスしておくれ」と繰り返すという点で、ハイネの発展形である。一八六二年に無記名で発表さ

ヘロデ王の前で踊るサロメ

ギュスターヴ・モロー　1874-76年／アーマンド・ハマー美術館所蔵

れ、一八六六年に『ヘロディアス――劇詩』(*Herodias. A Dramatic Poem*) と改題されて登録され、翌一八六七年に出版、一八八四年にロンドンで改訂版が出、一八八八年に再版された。この劇では、サロメは最後にキリスト教徒になって殉教してしまうし、サロメの踊りも出てこないので、劇の内容はあまり参考にならないのだが、ワイルドは一八八八年二月十五日付『パル・マル・ガゼット』紙に、この本の書評を次のように書いている。

ヘイウッド氏の『サロメ』はアメリカの批評家たちを昂奮《こうふん》させたようだ。本に附された書評抜粋を見ると、『パトナム』誌はこの作品に「ギリシャの裸像の簡潔さと優雅さ」を見出《みいだ》しており、ジョゼフ・G・コッグズウェル法学博士はこの作品が「英語という言語が続くかぎり」鑑賞され続けるだろうと宣言している。予言というのは何の根拠もない誤謬《ごびゅう》であることに思いをいたし、ジョゼフ・G・コッグズウェル法学博士と議論する気もないので、「ギリシャの裸像」といったおぞましい表現に抗議するにとどめたい。もしこの作品が将来の文学のスタイルとなるなら、英語という言語は長く続かないのだろう。この劇詩について言える最大の賛辞は、これは誠実な勤勉さの勝利だということである。

刺青のサロメ(部分)

ギュスターヴ・モロー　1874年／ギュスターヴ・モロー美術館所蔵

芸術的見地からは、まったくもって凡庸な作であり、次のような無韻詩《ブランク・ヴァース》には抗議せざるをえない。

このあと六行の無韻詩《ブランク・ヴァース》が引用されているが、その六行はヘイウッドの作品には――ニューヨークで刊行された一八六二年版、一八六七年版にも、ロンドンで一八八四年に刊行された改訂版にも（一八六七年にヘイウッドが刊行した『サロメ――劇詩』と題する別の作品にも）――見当たらず、不可解なのだが、ヘイウッドの作品は確かにぎこちない無韻詩《ブランク・ヴァース》で綴《つづ》られているので、具体的な引用例は問題にしなくてもよいだろう。

それよりも重要なのは、ここで言及されている作品に附された書評抜粋にワイルドが嫉妬《しっと》したのではないかと思われる点だ。残念ながら、ワイルドが言及したと思《おぼ》しき一八八八年版を確認することはできなかったが、一八八四年にロンドンで刊行されたヘイウッド作『ヘロディアス』には、著名人や新聞各社の絶賛の言葉がずらりと並んでおり、ワイルドが言及した『パトナム』誌の記事（出典は一八六八年六月号七二二ページ）――当時大きな影響力を持っていた批評家・作家・編集者ジョン・ニール（エドガー・アラン・ポーを最初に見出した人物でもある）が書いたもの――やジヨゼフ・G・コッグズウェル法学博士の評も、抜粋箇所は違うものの、そこにある。ロマン派の詩人ウィリアム・C・ブライアントは、自身が編集する『ニューヨーク・イヴニング・ポスト』紙でこの作品は「最高の詩的能力を示すものだ」と褒め、ハーバード大学学長を経て国務長官も務めたエドワード・エヴァレットも『サロメ』（『ヘロディアス』）は実に高等な詩的才能を示していると思う」と同調する。思想家・著作家ラルフ・ウォルドー・エマソンは「意外に良かった」と控えめだが、作家チャールズ・G・リーランドは「サロメの悔悟には広大な抒情《じょじょう》的かつ音楽的な力があり、壮大な情熱のオペラのようだ」と大絶賛している。

このような書評抜粋を読んだワイルドは、きっと目を疑ったことだろう。自分のほうが遙《はる》かに上手にサロメを描《えが》けるのにと思ったのではないか。この二年後の一八九〇年には、ワイルドはサロメについて執筆する意図を、友人であるアメリカの小説家エドガー・ソルタスに漏らしている。そして、その翌年、真に「広大な抒情的かつ音楽的な力」がある詩的な『サロメ』を書いてみせたのである。

七つのヴェールの踊り

サロメの七つのヴェールの踊りがどのようなものかは、謎に包まれている。これについては、大鐘敦子著『サロメのダンスの起源——フローベール・モロー・マラルメ・ワイルド』（慶應義塾大学出版会、二〇〇八）という名著があるので贅言《ぜいげん》を要しないが、少しだけ付記して稿を終えることにしたい。シュトラウスがオペラ化して以降はさまざまな演出がなされてきたが、ヴェールを一枚ずつ取っていくストリップティーズまがいのエロティックな踊りと解されることが多い。イギリスの詩人アーサー・W・E・オショーネシーの一八七〇年の詩「ヘロディアスの娘」（'The Daughter of Herodias'）でも、サロメの踊りの描写には——

ヴェールが彼女のまわりから薄く渦巻く霧のように落ちていく。身に着けていたトパーズの太陽、紫水晶、ルビーの光に貫かれて。そしてヴェールから、宝石で飾られた体が現れる。

——とあり、ワイルドはこの詩に影響を受けたのではないかという説もある。

また、フローベールが描いたサロメの逆立ちの踊りも、ワイルドに大きなインパクトを与えたことはまちがいない。一八九〇年、ロンドンのピカデリーで友人のソルタスと一緒に食事後、フランシス・ホープ卿《きよう》宅へ行ったワイルドは、その書斎で、逆立ちして踊るヘロディアスを描いた版画を見たとたん、思わず近寄って'La bella donna della mia mente'（わが心の美女）と叫んだという（ちなみに、このイタリア語のタイトルでワイルドは詩を書いている）。また、ワイルドは友人スチュアート・メリルとともにムーラン・ルージュへ行ったとき、アクロバティックに踊るダンサーを見て「フローベールの物語のように、あの子に逆立ちして踊って欲しい」と漏らしたという逸話もある（いずれもEllmann, 321-2）。

ただし、ワイルドの友人ヴィンセント・オサリヴァンが伝える、こんな話もある。パリで『サロメ』を執筆中だったある日、執筆に行き詰ったワイルドは真夜中、ル・グラン・キャフェ（オペラ広場のすぐ西、カプシーヌ通りとスクリブ通りの角にかつてあったキャフェで、現在カプシーヌ通りにあるグラン・キャフェ・カプシーヌとは別）へ行き、そこで放浪民の楽隊に「恋人を殺して血の中で踊る女」の音楽を演奏してくれと頼んだら、楽隊はそれに応じて「ひどく激しくめちゃくちゃな音楽を演奏したものだから、まわりにいた人たちが会話をやめて血の気が引いた顔で目を見合わせていた」と、オサリヴァンに話したのだという（Vincent O'Sullivan, *Aspects of Wilde* (London: Constable, 1936), 33）。ワイルドはその音楽にすっかり満足して、インスピレーションを受けて戯曲を書きあげたらしい。

「血の中で踊る」サロメの体が発散するのは、狂おしいばかりの恋情だろう。エロドは「血の中で踊って欲しくはない」と言うが、エロディアが「あの子が血の中で踊ったからといって、それがあなたにとって何だというのです？」と言っているうちに、月が血のように真っ赤になり、舞台は血に染まったまま進行する。サロメは自分を恋する男の血を踏んで踊り、自分が恋する男の血を求める。前述のとおり、そこに男性同性愛の暗喩があるなら、サロメの踊りにはエロドの劣情を掻《か》き立てる以上の何かがあると言うべきであろう。

当時のイギリスにはソドミー法があり、男性同性愛は禁じられていた。サロメの「緑のお花」は、旧弊な権力による弾圧への、美しい抵抗の印だったのではないだろうか。それに、これまでのサロメの物語では最後にサロメが殺されることはなかったのに、なぜ本作では、サロメは権力によって潰され、その命を奪われなければならないのか。ソドミー法自体がキリスト教的世界観で生まれたことを考えるとき、キリスト教（ヨカナーンの預言）を恐れるエロドがサロメを殺す展開には、キリスト教による男性同性愛への弾圧が示唆されているとも考えられる。

一八八五年に男性同士の親密な行為を示唆するあらゆる行為を禁じるラブシェール修正条項が加わり、ワイルドは一八九五年にこの改正法で裁かれ、投獄され、破産し、出獄から三年後パリで客死する。美を求めるサロメの欲望に、ワイルド自身の男性同性愛が二重写しになっているなら、本作は奇《く》しくもワイルド自身の悲劇をも予言する作品になっていると解釈できるのである。

ワイルドはパリに二か月滞在してこの作品をフランス語で書き、私はパリに三か月滞在してこの作品を訳した。お宅に住まわせてくださっただけでなく、原文を丁寧に読解して、フランス語の語法の変化で何が起こっているかを解釈してくださったクリスティアン・コルテさんに心から感謝を捧《ささ》げたい。また、パリ在住の笈田《おいだ》ヨシさんとお話をさせていただき、三島由紀夫演出の際に笈田さんが若いシリア人ナラボを演じられたときの写真――胸筋の逞《たくま》しい上半身裸の美青年姿！――を見せていただいたのも大いに刺激になった。併せて謝意を表したい。

二〇二四年二月　パリにて

河合祥一郎

本書は訳し下ろしです。

新訳《しんやく》 サロメ

オスカー・ワイルド　河合祥一郎《かわいしょういちろう》＝訳

令和6年 5月25日　初版発行

発行者●山下直久

発行●株式会社KADOKAWA
〒102-8177　東京都千代田区富士見2-13-3
電話　0570-002-301（ナビダイヤル）

角川文庫 24175

印刷所●株式会社暁印刷
製本所●本間製本株式会社

表紙画●和田三造

●お問い合わせ
https://www.kadokawa.co.jp/（「お問い合わせ」へお進みください）
※内容によっては、お答えできない場合があります。
※サポートは日本国内のみとさせていただきます。
※Japanese text only

ISBN 978-4-04-114196-0　C0197

◇◇◇